「では、こちらに――」
「うわ、広い！」
テリーヌに示され室内に入ると、
思ったよりも広大な空間が現れる。

「……お、メニューは、塩漬けキャベツ《ザワークラウト》と芋のサラダ、ベーコンとシロ菜《白菜っぽい野菜》のスープ──」
「うん。あとは、お魚の煮《に》凝《こご》りと、リーキのグリルだよ」
メリム

女の子が二人いると家が華やぐなー……としみじみ。
もっともバレたら死の華が咲くわけで──。
……ブルブル、今は考えるな！
リズ
クラウス

『『ギイイイエエエエエエエン!!』』

「――お兄ちゃん…………」

ギュッと強く握り締められる手。

温かく、か弱い手――……。

「リズ」

大丈夫……――守る。守る。守るよ。

絶対守る。

俺が守る。

必ず守る。

だから――

ダメスキル
自動《オート》機能《モード》が
覚醒しました
3
LA軍
Illust. 潮一葉
～あれ、ギルドのスカウトの皆さん、
俺を「いらない」って言ってませんでした？

CONTENTS

DAME SKILL [AUTO MODE] GA
KAKUSEI SHIMASHITA

プロローグ　「小さい男」　P7

第1話　「転移ゲート」　P21

第2話　「リズといっしょ」　P36

第3話　「中級の狩場」　P57

第4話　「パイセン」　P108

第5話　「洗礼」　P127

第6話　「シスコンとブラコン」　P155

第7話　「危機来襲」　P174

第8話　「空を切り裂く」　P205

第9話　「ゲインの戦い」　P221

第10話　「厄災の芽」　P243

第11話　「リズとクラウス」　P268

第12話　「それは瞬きの間に」　P292

エピローグ　「あれ……？　俺のこと『いらない』って
言ってませんでした？」　P312

イラスト：潮一葉　　デザイン：モンマ蚕（ムシカゴグラフィクス）

プロローグ「小さい男」

※　クラン『特別な絆《スペシャルフォース》』——辺境の町臨時支部にて　※

「負けた……？」

驚いた……というよりも何を言ってるんだこいつ？　といった顔で、ミカを見据える男——ゲイン・カッシュ。

言わずと知れた、『特別な絆《スペシャルフォース》』のリーダーだ。

「は、はい……。も、申し訳あ——」

「ありえない」

ぴしゃりと言い切ったゲインに、ミカ・キサラギはビクリと体を硬直させる。

「ありえない」

再度同じ言葉。

そして、執務室の机の奥でゲインが目を酷薄そうに細める。

「君が負ける……？　『特別な絆《スペシャルフォース》』の幹部でもある、君が？　あのゴミカススキルのクラウスに？」

「は、はい……あの、もうしわ」

「……ありえない」

ぴしゃり。

何度となくそう言い切ると、ゲインは執務室の椅子をくるりと回転させる。

「あり得ないと言ったんだよ？　俺は――――」

「え？　あ、その……」

そわそわとしたミカは、誰かに助けを求めるように部屋を見回す。

そこには、
同じく幹部の【天候操作《オテンキねえさん》】のチェイル・カーマインと、【原子変換《アトミックチェンジ》】のグレン・ボグホーズの二人がいた。

その背後には女戦士の『赤い腕』レインと、
壮齢の傭兵《ようへい》『暴風』の二つ名を持つアベル・カーマイルも控えていた。

さらに新人が数名――――昇級したてのシャーロットもいる。

「けけっ。いーざまだな、ミカさんよー」

「よしなさいよー」

「「…………」」

だが、助け舟は期待できず、誰もがミカの視線に手を伸ばさない。

それどころかグレンはせせら笑い、チェイルは諫《いさ》めるも積極的に助けてくれる気配はない。

戦士二人は我関せず。

「あり得ない。あり得ない。あり得ない。ありえなー――――い」

　バァン!!

　机を思いっきり叩《たた》いて…………冷えわたる笑顔で、ニコリと。

「ひっ！　げ、ゲイン。いえ、ゲイン様！　も、申し訳ありません！　申し訳ありません!!」

「……あり得ないんだよぉぉお!!」

　シュンッ。

　一瞬、ゲインの身がブレたかと思うと、まるで移動を感じさせないほどの機動でミカの眼前に立つと、彼女を片手で摑《つか》み上げる。

　ギリギリギリギリ………。

「がっ、かっ、ぁ、く……」

「俺が、何があり得ないって言ってるかわかるか？　ああん？」

「も、もうしわけ――かッ……ぐ」

「あのさー。誰が謝罪してくれって言った？　俺はね？　あり得ないことが起こっているから驚いているんだ」ポイッ
　ドサッ。

「がハッ、はっ、おぇぇぇぇぇ……！」

荒い息をつくミカを見下ろし、そして、部屋のメンバーを流し見る。

「あり得ないよな? あり得なくね? …………失敗? 失敗した? なぁ――――チェイル」

「え? …………あッ!」

ガッ……!

「な、なにを――!?」

一瞬で、チェイルの眼前に移動したゲインは、彼女の顔面を掴み、床にねじ伏せ押し付ける。

「がぁ!! い、いた! いたい、いたい!! 止めてッ!」

「あ?! ――やめて……だ? あぁん?!」

ギリギリギリギリ……!

「けけ。何《なぁに》を自分は関係ないって顔してたんだか――」

グレンはニヤニヤとチェイルを見下ろす。

「ぐ、グレン、てめぇぇぇぇ…………」

「おいおい、俺は関係ないだろ? お前が悪いんだろー? …………半端な仕事をしたお前がよ」

「な、なにぃ?」

チェイルは地面に押さえつけられて、なお闘志は褪《あ》せていない様子。

グレンを床から見上げてもう凄《すご》い目つきで睨《にら》みつける。

「おっ、お～い。俺を無視してグレンと会話するとかどういう了見だ、あ?!」

「ご、ごめん。あ、す、すみません――ゲインさま！」

「おいおいおい、おいおいおいおいおいおいおいおいおいおいおいおいお――――い。……どいつもこいつも、俺がいつ、謝罪を求めた？　あ?!」

「で、ですが――」

チェイルはわからない。

なぜこんなにも無様な目にあわされているのか、わからない……。

「聞――――てんのか、おぉぉおお?!」

「ひ、ひぃ！　聞いてます！　聞いておりますぅ！」

涙目になりながらゲインに必死に懇願するチェイル。

「チッ。察しが悪い女どもだ――」

それを見ていたにもかかわらず、ゲインに甚振《いたぶ》られる仲間に憐憫《れんびん》の情も見せずにグレンはふんぞり返って言った。

「――チェイルぅぅ～。そもそも、ミカが小汚い地下に行くはめになったのは誰のせいだ～？」

誰のせい？

誰のせいって――――………。

ムクリ……。

「あ、アンタがぁ………。アンタが山でヘマしたせいでしょ！　アンタがぁぁあ！」

床に転がっていたミカがユラリと起き上がると、

「がっぁぁああ！」と、火を噴かんばかりに糾弾する。

「アンタが手を抜いて！　アンタが【天候操作《オテンキねえさん》】で適当に雪を降らせるだけで手を打たないから
あ！　アンタのせいで予備戦力のアタシが出るはめになったんでしょう‼」

「な！　なんですって‼」

チェイルには寝耳の水の話だ。

「私は！　言われた通りに‼　妨害したでしょ!!!」

やりたくもない仕事を、渋々やってやってこの仕打ち！

「あー。うるさい、うるさい、うるさい、うるさい、うるさ――――――い！　俺を無視して会
話しろなんて俺は言ってな――――――い！」

バァン‼

「ゲインのほうがうるさいなー」

思いっきり叩かれる机の派手な音に、部屋の隅で丸くなって寝ていたシャーロットがふわわーと
欠伸《あくび》をする。

そして、

「んー…………？　まだ、続くのー？」

そして、チラリとパーティメンバーの顔色を一瞥すると――、

「……寝る」

そう言って、「カー……カー……」と、またすぐに寝息を立てた。

一瞬、その様子に毒気を抜かれたようなゲインたちであったが、

「そ、その……。わ、私《ワタクシ》はクラウスに負けたわけではないのですが……。その、あの……。に、人形を全てやられ――――と、逃走を余儀なくされました」

ヨロヨロと起き上がったミカが、悔しそうに顔を歪《ゆが》めて言った。

「………それを負けたというのだよッ!!」

バァン!!

「ひぃ！」

「あり得ないだろう?!　なんであんなカスのクラウスごときに、君が負ける?!　……えぇ!!　やつを放逐するに任せた俺の見る目がなかったということか、あああああん!!??」

「――ひ、ひ、ひぃぃぃぃ!!」

「ほんっと、君にはガッカリしたよ……。【生命付与《ライフオブライブ》】がねー。……まさか、まさか、まさか、まさか、自動で家に、か、か、か、帰るだけの男に負けるとはね」

「ち、ちが……！」

ギロッ。

「で――――……君だよ、チェイル。……チェイル、チェイル、チェイル、チェ――――イルぅ」

う――――……君は、何をしていた？　『東雲《しののめ》の深山』は君に一任したはずだが？」

「そ、それは――……。そんなこと言われても!!　わ、私は言われた通りにやったわよ！」

「は…………？」

言・わ・れ・た・通・り・に・や・っ・た――だぁ……？

ははははははははは――……。

「……言われた通りにやっていますというのは――アホぅの言うことだぁああ!!」

バァン!!!

「きゃあ!!」

思いっきり叩かれた机の音に、チェイルが首をすくめる。

「結果が伴わなければ、なぁ。それはぁ、失敗というんだ!!!」

バァン!!　バァン!!

「くそ!!　クソッ、クソッ、クソッ!!　どいつもこいつも使えないッッ！　下級のカスユニークスキル保持者一匹に振り回されやがって!!」

…………『それはお前だろう』と、部屋にいた人間はほぼ全員が思っていたが何も言わない。

「俺たちは最強のはずだ！　――そうだろう、グレぇぇぇン！」

「あぁ、そうだ。俺たちは最強だ。俺・た・ち・は――な」

……チラリとミカとチェイルを見下すように見ると、グレンは鼻で笑う。

「だが、こいつらはこの程度さ。いい機会じゃねーか。使えない女どもはさっさと解雇して、もっと使えるメンバーに入れ替えようぜ」

「ふん……そう簡単にはいかないよ。――自分から辞めるのは自由だけどね」

……チラリ。

ビクリ!!!

ゲインの意味深な視線に、背中を震わせる女二人。

「しかし、困ったね……。実に困った」

ゲインはゆっくりと執務椅子に戻ると腰かけ、回転いすでクルクルと回り始めた。

その動きに誰も何も言えず、ジッと立ったまま待っているしかない。

う――――ん。

ふ――――む。

う――――ん……。

「……………………うん！　決めた」

ニコッ。

「全員、雑魚認定だね」

「「「……は?!」」」

あんまりな言葉に、グレンを含め、ミカたちもポカンと口を開く。

「……だってそうだろ？　ミカは全力で戦った。チェイルは精一杯努力した。グレンは仕事はしたけど、直接交戦していない――――ということは、だ」

チッチッチ。

ゆる～く指を振りつつ、

「――もしかしてー……。クラウスの野郎が成長しているんじゃないかなぁぁぁああ⁇」

ニィィィ…………。

「そ、それは……、その」

「う、うん……、その」

チェイルとミカも歯切れ悪そうに頷《うなず》く。

特に直接交戦したミカは認めざるを得ない。

策を弄《ろう》して、満を持して最大戦力で挑んだにもかかわらず一蹴されてしまったのだ。

しかも、その後無様に助けを求めて――――……。

　死にたくない

　　死にたくない

あの時の光景を思い出してゾッとする。

墓所の奥から飛び出してきた超上級《デモンズ》のグールに怯《おび》えた自分と、それを救おうとしたクラウス。

その格の差に目をつぶることはできない。

「……うん。異論はないみたいだね。では、全員、クラウス以下のクソ雑魚野郎として、鍛えなおそうか」

「な、なんだと?! き、聞き捨てならねぇ!!」

「そ、そうよ！ いくら何でも、それは言い過ぎよ!!」

次々に抗議するメンバーに対してもゲインは聞く耳を持たない。

「そうと決まれば、強化合宿だねー。ふふふ、パパに連絡して魔石の手配とレベリングを準備しよう。レイン、カーマイル――――万事整えてくれ」

「「御意」」

一礼して去っていく二人と、

「ふわぁぁぁ…………。よく寝た」

一人マイペースなシャーロット。

起き上がるとテフテフと部屋を出て行こうとする。

「ちょ、ちょっとシャーロット?! どこいくのよ！」

ミカの制止の声に一度振り返ると。

「ご飯」

それだけ言って振り返りもしな――――。

「あ、ゲイン」

「ん？　どうしたんだい？　シャーロット」

ゲインの目をジッと見つめるシャーロットは、

「――ん～とね。クラウスは強いよ？　……………ここにいる誰よりも、」

な⁈

「ほ、ほう？　ほほ～ぅ……。しゃ、シャーロットはそう思うんだね？」

「うん。……最強だよ。私、クラウス好きー♪」

それだけ言うと、ふんふ～ん♪と鼻歌交じりに部屋を出てクランハウスの食堂に向かったシャーロット。

それを見送るゲインの背中はプルプルと震えていたが……。

「ふくくくくく………」

「げ、ゲイン？」

訝《いぶか》しむグレンの声を意にも介さず、

「ふはははははははははははははは！　笑わせてくれる！　あのクソ雑魚が最強だぁ⁈　自動で家に帰るだけで最強たぁ、笑わせてくれるじゃないか！　ふぁ―――っはっはっはっはっはっはっは‼」

バァン‼

「全員出ていけッ‼」

「「「ひぃぃい、は、はいいいいいい!!」」」

バタバタと走り去っていくメンバーを見つつ、その背中に言葉をぶつけるゲイン。

「————今日から全員、レベリングを開始する！　もう、いっさいの妥協は許さない。敗北も、逃走も、ましてやクラウスごときに後《おく》れを取るなど許さなぁぁぁあい!!」

ドガァッァアア!!

執務室の扉を蹴破ると、クランハウス全体に響き渡るように大声を上げた。

「本日より、わが『特別な絆《スペシャルフォース》』は、強化期間を設定し、幹部を含め全員のレベリングを開始する、覚悟しておけッッッッ!!」

この雑魚どもがぁぁぁあああ!!

うがぁぁあ————————!!!!

ハウス全体を揺るがすほどの大声を上げると、ゲインは関係部署に連絡を飛ばし、金に糸目をつけずになりふり構わぬレベリングを開始するのだった。

第1話「転移ゲート」

「お兄ちゃん？」

　チュンチュン……。

　　チュンチュン……。

「お兄ちゃん?!」

　　　チュンチュン……。

　　　　チチチチチ…………。

「…………おにいちゃ――――――――ん！」

ドスゥ！

「おっふ――!!??　え、エルボゥ?!」

「おっふ、えるぼう！　――じゃないよ、早く起きて起きて！」

リズの肘打ちをみぞおちに受けて悶絶《もんぜつ》するクラウス。

お口からちょっと魂がはみ出る。

「もう！　いつまで寝てるのよ？　朝ごはん片付かないから、いい加減起きてッ！」

「へい、ＭＹシスター……。危うく、朝ごはんを片付ける前に、お兄ちゃんが朝飯前に片付けられてしまうとこだったよ――……起きるまでもなく、あの世へ」

うじうじとベッドで唸《うな》っていると、笑顔のままリズがメラァと黒い炎をバックに浮かび上がらせる（そう見えた）。

「あ？　――お兄ちゃ～ん……」

「はい、起きます！　ご飯も食べます。今日も一日美しいですね――リズさん」キランッ
シャキン！とベッドの上で正座。

三つ指をついて土下座し、最後にニッコリ――歯も光らせておく。

「び、美人だなんて――キャー」

あ、チョロイわ。この子。

「……チョロイとか考えてたら、〇すからね」

心を読まれたのか、キラリと包丁の刃を光らせるリズ。

……っていうか、コロスの!?

そして、それ持ったまま起こしに来たのぉぉぉぉおお?!

こわッ！

この子、怖ッ……！

「あー。ビジンなイモウトガイテ、ぼか《僕》ぁ、シアワセダナー」

「でしょー？　じゃ、早く食べて食べて。……今日は中級冒険者になって初出勤でしょ？」

あ、そうだった。

リズに言われて、ベッド脇のサイドテーブルに置かれた冒険者認識票を取り上げる。

キラリッ！とブロンズに輝くそれは鈍い銅の色。

通称、銅級とも言われるCランク冒険者認識票は銅で作られている。

「……へへ」

リズが食堂に去っていくのを見送りながら、銅色に輝く冒険者認識票をチャラリと首に下げると、ようやく自分が中級冒険者の域に達したと実感できたクラウス。

「よし！　よーし、やるぞー！」

ひとしきり部屋で気焔《きえん》を上げた後クラウスは装備を整えて食事をとるのだった。

※　※

「いってきまーす！」

「気を付けてねー！」

ブンブンと手を振るリズと別れたクラウス。

今日は珍しく弁当付きだ。

いつもは狩りの最中で帰ることもよくあったため、小銭をケチるため弁当を控えていたクラウスだが、今日は違う。

……なにせ、今日は初めての中級冒険者としての初出勤なのだ。

もしかすると、数日にわたる狩りを行うこともありうる。

——……冒険者に「初」出勤も何もないのだけどね。

「なんだろうなー。中級になったってだけで自信がでてきたぞー」

今までは、ベテラン下級冒険者ということもあり肩身を狭くしていたクラウス。

だが、ようやく年相応の立場になれたこともあって少し胸を張って歩く。もっとも、先に進んでいった同期やら年下もたくさんいるので、自慢できるほどではないのだが……。

カランカラーン♪

いつものカウベルを鳴らしながらギルドの戸を潜るクラウス。

ざわざわ

　がやがや

「あら、クラウスさん？」

ギルドに入ってすぐ。

わきにある依頼板やお知らせ掲示板に貼物をしていたテリーヌが、クラウスに気付いて挨拶をしてくれた。

「あ、ども～」

「ふふ。さっそくつけてますね」

クラウスが誇らしげに首にかける冒険者認識票をみて、ニコリとほほ笑むテリーヌ。

その顔に、はにかむクラウス。

ポリポリと頭を掻《か》きながら、

「はは。ようやく中級です――同期と比べると、だいぶ出遅れちゃいましたけどね」

「あらあら。そんなことないですよ。……クラウスさんの世代はともかく、兼業で冒険者をされている方なんて、下級の人がたくさんいるんですから」

そういって、さっそく下級の依頼に群がる冒険者をいなしつつほほ笑むテリーヌ。

「そもそも、専業で冒険者をされる方の数も多くないですし、その中でクラウスさんが特別遅いかというと、そうでもないんですよ？」

「そうなんですか？」

クラウスはテリーヌの言葉を軽く疑って首をかしげる。

「もちろんですよ。クラウスさんの同期の方は、『特別な絆《スペシャルフォース》』の方々や、比較的成長の早い人に当たっただけですよ？」

うーむ？

……言われてみれば、狩場では結構お年を召した下級冒険者の方も見かけるな。

そもそも、『特別な絆』の連中がおかしかったのかもしれない……。っていうか、あいつらおかしいわ。

「そ、そうかもしれませんね……」

「はい！　そうですよ。自信を持ってください」

ニッコリ。

そういって輝かんばかりの笑顔を見せてくれるテリーヌさん。

ちょっと前までならこの笑顔に騙《だま》されて顔を赤くしていたかもしれないけど……。

最近のギルドマスターとのセットで、銭ゲバ根性丸出しなところとか見せられたら裏があるのではないかと勘繰ってしまう。

おっと、いかんいかん。

「ありがとうございます。では、今日はさっそく中級のクエストをいくつか選んでみますね」

そういってクラウスはギルドの依頼板を見る。

しかし、

「ん～……。思ったより中級の依頼って少ないんですね」

「はい？　……あぁ、それはそうでしょう」

下級の依頼書の束を整理しつつ、テリーヌが説明してくれた。

「この辺は、魔物の影響も薄く、……なにより王国内陸部ということもあってダンジョンの数が少ない地域なんですよ。その分――食料の自給率は高く、人口も多いのですが、冒険者さんにとっては実入りは少ない地域と言えますね」

そういえば、随分昔の研修でもそんなこと言われた気がするな。

ベテラン下級冒険者歴が長過ぎて、すっかり忘れていた。

「――ですので、中級以上の依頼を探すなら、この町よりも王都や国境付近……あるいは、もっと僻地《へきち》にいくのがいいかもしれませんね」

なるほど。

この辺境の町の近傍にも中級、上級のダンジョンは存在するが、数はさほど多くない。

それに比べれば確かに、
王都近郊にあるという大規模ダンジョンや、
国境付近の中級や上級のフィールド・ダンジョン群。

または、魔物の影響が大きい――ここよりも奥地の「僻地」ならば、たくさんの成果が見込めるだろう。

ん？

でも、どうやってそこに行けば――――……。

「あ、もしかして!!」

「あら、気付きました？」

うふふ。と笑うテリーヌ。

「げ、ゲート使えちゃったりー？」

「ピンポーン♪　はい、クラウスさん、おめでとうございます！　中級冒険者として認定されましたので、転移ゲートの使用許可が下ります！」

や、ややや、

「やった――――!!」

思わずガッツポーズ！

だってそうでしょ?!

転移ゲートですよ、転移ゲート!!

「ふふ、嬉《うれ》しそうですね。そういえばクラウスさん、使い方や注意点の説明はいりますか？」

「え？　あ、はい。前に研修で聞いたっきりなので――制度も変わってますよね？」

「大きな変更はないですよ――では、こちらへ」

窓口にカタンと、「不在中」札を立てるとテリーヌはわざわざクラウスのために転移ゲートまで案内してくれた。

ギルド総合受付の隣にある通路を通ってその先。

地下への階段を降りるとそれはあった。

「うわ……。ホントに入れるんだ。久しぶりに見たなー」

「3年ぶりですよね。次からはこの窓口の職員に冒険者認識票を見せるだけで使えますよ」

施錠された部屋を開け放つテリーヌ。

彼女の言う窓口とは、牢屋《ろうや》の番人のように、壁の中にある小さな小部屋のことで、そこにある一畳ほどの狭い空間にギルドの職員がいた。

「なんや、新人かいな？」

「違うわよ。……ほら、あのクラウスさん――知ってるでしょ？」

そういってギルド職員にクラウスを紹介してくれる。

何度か顔を見たことのある女性職員だ。

「おー。あのクラウスな！　最近噂《うわさ》になっとるやつやん？　…………ほな、よろしゅうな、クラウスはん。次からはアタシに認識票見せてくれたらそれでええからなー」

「あ、はい。よろしくお願いします」

挨拶はそれで終わり。

っていうか、なんだよ「あのクラウス」って……。

少し訝《いぶか》りながらも、
テリーヌに案内されて転移ゲート内に。

「では、こちらに――」

「うわ、広い！」

テリーヌに示され室内に入ると、思ったよりも広大な空間が現れる。

地下室ではあるが魔光石のランプが煌々《こうこう》とともされており明るい。また換気も十分なようで息苦しさは全く感じなかった。

「えぇ、緊急時の物資輸送や人員の転送にも使いますからね。大都市ではもっと巨大なゲートもあるんですよ？」

「へー……」

そうして、中央に立つテリーヌさんは、

「では、クラウスさん。こちらに来てください」

「あ、はい」

ゲートの中央に立つと、なんと四方の壁にも様々な文様が描かれている。

「コチラが起点用の転移魔法陣、そして向かう方向を決めるのが、壁側の魔法陣になります——」

つまり、行きたい方向の魔法陣を指定して中央に立つと、外のギルド職員が魔力を通して魔法陣を発動する。

すると、魔法陣内の人物が、同じく別都市に設置された魔法陣へと移動できるという寸法らしい。

ちなみに、地下構造でＢ１には出発魔法陣があり、Ｂ２には到着魔法陣があるらしい。

どちらでも双方向で使用可能なのだが、転移事故防止のため分けられているそうだ。

「——以上です。簡単でしょ？　では、本日から使用できますので、外の職員に行き先を告げていただければ、それで結構です」

「へー。簡単なんですね。……あ、魔法陣からはみ出したりしたらどうなるんですか？」

魔法陣の真円は大きい。

しかし、その円には外側が当然あるわけで、魔法陣に体半分、外に半分で転移したらどうなるのかという素朴な疑問だが――。

ニコッ。

「えっ、と……」

なんで笑顔？

「ニッコリ」

え？

口で言った？

「――その、体を半分出したらどーなる……」

「やってみますか？」

ニぃぃぃッコリ。

「…………あ、はい。遠慮しときます」

テリーヌさんの笑顔が怖ひ。

「…………はい。説明は以上です――あと、注意点がいくつか。――耳かっぽじって聞けよ」

え？　かっぽ……。
――え？
「2回言わせますか？」
「あ、はいぃ！」
すんません……。
態度で反省を見せるクラウスに、テリーヌが小さく咳払《せきばら》いして諸注意の解説を始めた。
テリーヌのいう注意点は簡単なことで、
ひとつ。大金を持ち出さない
ひとつ。関係者以外使用禁止
ひとつ。違法品の持ち込み厳禁
ひとつ。魔法陣の破壊行為は厳に慎むこと
ひとつ。使用時間厳守
と、このくらいだ。
ほかに、規則ではないが、
町ごとによって差があるが、登録地以外の冒険者ギルドで狩りを行った場合、払う税金が違うらしい。
クラウスは辺境の町の登録なので、この町で冒険者をする分には税金が優遇されているが――例えば、王都などの冒険者ギルドで狩りをした場合、国が差っ引く税金額が地元の冒険者と異なるのだとか。

こんな制度があるのも、なんでも、地元の冒険者の優遇措置のためらしい。

そりゃ、優遇措置でもなきゃ、誰だって税金安いところに行っちゃうよね……。

さらに、転移ゲートは行く際には無料だが、帰りはそこそこのお金がかかるという。

維持管理費も兼ねているが、なにより人の移動を管理するためだとか？

あとは、お金の移動は厳格に定められているらしい……。

金や銀は、採掘量が限られており、国家の力そのものである。

そのお金が、ゲートを使ってホイホイと他国に流れれば、流通が壊れるからだとか？　あるいは「金」などの希少金属の国外流出を避けるためなど結構厳格に定められている。

……とはいえ、冒険者の懐にいれられるくらいのお金ならいいらしいけど——。

まぁ、それでも密輸入や金の持ち出しを図るものが後を絶たないらしい。

あまりに度が過ぎると、お金だけでなく装備品すら規制対象になる可能性もあるんだとか？

というのも。

……どうやら過去にやらかした冒険者がいたらしい。

なんでも、そいつは槍《やり》の柄の中に違法薬物を隠して運ぼうとしていたんだとか。

「ど、どうなったんですか？　その冒険者——」

って！　これ聞いたら多分——……。

「ニコッ」

ああ、うん。「ニコッ」ですよねー……。

きれいに笑うテリーヌさんが、すすーと魔法陣の端によって行き、魔法陣の外に体を半分出したままクイっと顎をしゃくる——。

あ、そーゆーこと………。

「超グロイですよ」

「い、いいです。はい、なんかごめんなさい——」

テリーヌさん、最近怖いー。

「はい。というわけで、クラウスさんも規則にのっとって使用してくださいね。規・則・にッ」

「は、はい」

うん。半分はヤダもん。

「……それでは、中級冒険者として今後ともギルドの発展にご協力よろしくお願いします——」

ペコリ。

「——本日からご使用になりますか？」

半分からの使用推奨。この人すげー。

「え？　え～っと、あ。それじゃ——……」

そうだ。

この可能性も考えてリズに弁当作ってもらったんじゃないか。

せ、せっかくだし……！

「いきます！　さっそくお願いしていいですか？」

「わかりました、行き先はどちらになさいますか？」

二つ返事で了解を貰《もら》うと、クラウスは行ってみたい場所を思い浮かべる。

理想は【自動機能《オートモード》】がフルに発揮できる場所。

そう……。

人が少なくて、美味《おい》しい狩場を求めて――――……。

第2話「リズといっしょ」

「ふぅ……！　ただいまー」

「あ、おかえり！」

先日、転移ゲートを初めて使用して以来、クラウスは各地の狩場を回っていた。

その最中に様々な景色を見た。

煌《きら》めく王都
人の流れが激しい商業都市
のどかな空気の流れる僻地《へきち》
そして、ピリピリとした空気の溢《あふ》れる国境の町――――。

「いやー。中級ってだけでこんなに世界が広がるんだなー」

「そうなの？　いいなー……冒険者って楽しそうだね！」

目をキラキラさせたリズがクラウスの腕を絡めとる。

……当たってますよ、リズさん！

「ううーん。まぁ、楽しいっちゃあ、楽しいかな……。ま、」

――失敗しても、せいぜい死ぬだけの簡単なお仕事ですし。

「ニコッ」

だからね、リズちゃんが冒険者になりたいなんて言わないようにしないとね！

「う……。お兄ちゃんの笑顔が怖ひ」

スゴスゴと家事に戻っていくリズの背中を見送りつつ、クラウスは近況の整理をしていた。

リズの出してくれたお茶を啜《すす》る——。

ずずー

「うーん……。リズにはああ言ったものの、中級ってのも楽じゃないなー」

……今までは、勝手知ったる辺境の町周辺の狩場だけの知識でよく、それだけなら、長年通いつめていたおかげで、狩場の裏の裏まで知り尽くしていた。

そして、それがために、【自動機能《オートモード》】が本領を発揮したことで効率よく狩りができるようになっていたのだが……。

——中級になって世界が広がった途端、今までのようにはうまくいかなくなっていた。

というのも——狩場についての事前知識があまりにもなさ過ぎるのだ。

「当たり前の話だけど……転移ゲートの先では、これまでの経験は全く役に立たなかったんだよな」

転移ゲートの先は、まさに別世界だった。

……井《い》の中《なか》の蛙《かわず》——とはよく言ったものだ。

（参ったな……）

「知識はタダ。そして、知は力なり――……か」

　昔の偉い人の格言がこれほどしみじみとわかる日が来ようとは……。

　そのため、現在のクラウスは冒険者としては、開店休業状態。

　まずは転移ゲートの先の知識と経験を得ることを第一義とし、遠征を繰り返していた。

　そして、現地のギルドに顔を出しては閲覧可能な資料室で文献を読《よ》み漁《あさ》って知識をつけたり、時には人から話を聞いて狩場にも進出した。

　そのせいもあって、転移ゲート代が馬鹿にならないくらいかかったが、おかげで少しずつではあるが、現場の知識がつき――現地に実際に足を運んだおかげで経験と見識を積むことができた。

「まだまだ準備段階だけど……そろそろ、まじめに稼がないとな」

　家に入れるお金が目に見えて減っている。それでも、【自動機能《オートモード》】のおかげで、一般的な家庭に比べれば裕福だろう。

　下級冒険者時代に稼いだ貯金はかなりの額にのぼるのだ。

　――とはいえ、切った張ったのやくざ稼業が冒険者だ。

　いつどこで怪《け》我《が》や事故で引退を余儀なくされるかもしれないので、稼ぎを全部使うわけにはいかない。

　リズは何も言わないけど、……きっと気にはしているのだろう。

今日のパンだって、白パンから黒パンになっていた。ちょっと家計に気を使っている感じ。

……ま、美味《おい》しいけどね!!

「リズに心配かけるわけにはいかんしなー。とりあえず、今ある情報だけで、本格的に狩りを開始するしかない、か」

結局トライ&エラーを繰り返しつつ、経験を積むしかない。

「よし……決めたッ！」

悩んでいてもしょうがない——！

ガシリと湯飲みを掴《つか》むと、天にかざすクラウスっ！

完璧ではないにしても、転移ゲートの先の町でも狩りができるくらいには知識がついた。

ならば、ダンジョンやフィールドの浅い場所で実践を積む——。

あとは行くのみッッ!!

いざ、ダンジョンッ!!

「うぉっぉぉおおお！　明日から俺は中級冒険者として本格的に活動するぞ————！」

ゴンッ!!

「……もう、叫ばないでよッ。毎日毎日、近所迷惑なんだから——お兄ちゃん。時々、アホの人になるよねー」

「——……ツツツッ」

痛っっったぁぁぁあああああ!!

――い、今?!

いま、フライパンで殴った?!

「お、俺じゃなかったら死ぬぞ!?」

「――はいはい。アホの人、ご飯の準備できたよ！　じゃぁ、アホの人にあわせて――――」

トロンと、目を悪戯《いたずら》っぽく緩めたリズ。

「……今日はお風呂～？　ご飯？　そ・れ・と・も、」

「あ、そーいうのいいから」

「ちょ……！」

急に真顔で、リズのボケを殺しにかかる。ケケケ、仕返しじゃー。

うっふーん♪な格好で悩殺ポーズをしてくるリズを軽くあしらい、食卓に移動すると、

「ぶー……!!　ノリ悪ぅい！　――……最近帰り遅いから私さみしくてー」

ヨヨヨとウソ泣き。

……っていうかリズさんや？　YOU《ユー》は悩殺できるほど、ないやんけ。っと――――。

「コロしますよ？」

「……さーせん」

ささやかな膨らみについて妄想しただけで、メラァと黒い炎を背後に浮かび上がらせるリズ。

……怖いからやめて！　あと、心読まないで！

…………っていうか、コロすのぉ?!

ひんぬ《貧乳》ーって、想像しただけでコロすのぉぉおぉぉ?!

「あ？　……ひんぬー？　誰の、何が？　おっ？　死にたいのか貴様？」

「さ――――せん!!」

「誠意がなーい」

あーはいはい。可愛《かわい》い可愛い!!!

「ぶー！　心がこもってなーい！」

「わかったわかった！　好き好き！　リズちゃん、最高ー」

そういって逃げるように風呂――――と、いう名の行水を済ませたクラウス。

戻ったころには機嫌の直ったリズたん。

「……お、今日も旨《うま》そうだな！」

「ふふん。腕によりをかけたよー」

その特製のご飯をみて、クラウスもほっこり。食卓に良《い》い香りが漂っている。

どうやら、今日はポトフらしい。

柔らかな優しい香りに食欲がわく。

「いいにおい」

「ささ、座って座って！」

まめまめしく世話を焼いてくれるリズたん。

たっぷりとよそわれたスープを湯気越しに眺めると、ソーセージと豆、ほかに蕪《カブ》やニンジンなどの根菜がタップリと入っており、それらがじっくりと煮込まれて、柔らかそうだ。出汁《だし》も、しっかり沁《し》み込んでいる。

「はい。召し上がれ」

そこに、パンとサラダが付く。……素晴らしい、完璧だ！

ぐっ！　とサムズアップするクラウス。

「さすがリズちゃん！　１００点満点！　お嫁に欲しい！」

「お、お嫁なんて――キャ！　…………でも、お兄ちゃんがいいなら」

……うん、冗談だからね。

顔を赤らめて勝手に盛り上がってるリズを放っておいて、食事に手を付けるクラウス。

まず前菜のサラダから――。

「んっ！」

この繊細な味……!!

クラウスが冒険者稼業をしている間に、リズの料理の腕前もグングン上昇し――……。

「んんんー。うーまーいー！　このザワークラウトいいなッッ」

飯の質はそんじょそこらの食堂では対抗できないくらいの味になっていた。

そして、お漬物の代表。酸っぱいキャベツのザワークラウト。

「でしょ、えへへ」

正面に座りニコニコと笑うリズ。

可愛いのでなんとなく頭を撫《な》でる。なでりこなでりこ。

「うん。どこで買ったの？」

「これ？　ふふ、自分で漬けたんだよー」

へー!!

……だと思ったけど、「へー!!」

「色々試してるけど、だんだんお兄ちゃんの好みになってきたかな？」

「うん、旨い旨い！」

パンにはさんで食べてよし。

そのまま食べてもうまいし、ソーセージと一緒に炒《いた》めても旨いッ！

「えへへ」

はにかむリズが、「ほらこれッ！」と、誇らしげに掲げる壺《つぼ》を検分すると――。

「お……。すげぇ」

壺に入った、丸のままのキャベツと、一方は刻んだキャベツ。

どっちも、漬け汁でヒタヒタだ。かすかに青っぽい匂いがする。

どうやら……ほんとうに手作りしているらしい。

「こりゃすごいな！　売りものにできそうなくらいだ」

「そ、そう？」

照れ照れと、顔を壷で隠すリズ。……可愛い。

「うん！　俺はこの味が好きだなー。……あ、せっかくだし明日からの弁当にも入れてくれる？」

「いいよー？　日持ちする方がいいんだよね。どのくらいかな？」

「……ん～っと、３日ぶんくらい」

大雑把に冒険の計画を逆算して、日数を告げるクラウスに、

「え？　そんなに⁈」

せいぜい１日分程度と思っていたリズが目を丸くして驚く。

「お、おう。……今度の遠征は、本格的に中級冒険者用の狩場で狩りをするつもりなんだけど――」

「……そ、そうなんだ。ほんと気を付けてね。が、頑張って、日持ちするお弁当作るから！」

でも、リズは決してダメだとは言わない。

本気で心配はしても、クラウスの行動を止めることをこの子は絶対にしない……。

クラウスには出来た義妹だ。

「ありがとな」

なでりこ、なでりこ。

「こ、子供じゃないよ！　でも、えへへ……」

撫でられるのもまんざらではなさそうなリズ。そのまま、しばらくリズの頭を撫でてやる。

そんな会話の後、食事を終えるとリズは、ふと思いついたように、

「あ。そうだ！　お、お兄ちゃん。ちょっといい？」

「む？」

「そ、その……。長いこと、出かけるならさ。……えっと。その前にちょっと相談が――」

食器を手早く洗い終えたリズは、クラウスの正面に座って改まる。

エプロンを外して、いつもの普段着を、きれいに整えるリズ。

心なしか、顔が赤い……。

「こ、コホン！」

「ど、どうした？」

「……お、お兄ちゃん――あのね？」

う、うん。

「アタシ――……」

「お、おう！」

な、なんや⁈

　なんやなんや?!

「じゅ、」

――じゅ？

「この間で15歳になったんだよ？　だ、だから――……」

「お、おう。せやな……」

もう15歳か……。確かに成長したなー。色々、たくさん、色々……。

「だ、だから、」

――だ、だから？

（だから、なんやねん!?）

「……お、お兄ちゃん」

お兄ちゃん?!　はい、お兄ちゃんですよ！

お、お兄ちゃんがどないしたんや?!

「ス――」

……ス?!

（ごくり。な、なにを？　どうしたんだよ、リズぅ?!）

どきどき。

　ドキドキドキ――。

「――スキ」

（す、すきぃぃい⁈）

――――ドッキン。

「――スキル認定の日が近いの！」

「……………………………せやな」

なんやねん‼

改まって言うからドキドキしたやん。別になんも期待してへんけど、……なんやねん‼

「……だ、だからお願い‼　一緒に来て！」

「おーいいぞ」

いちいち聞かんでも行くっつーの。

それにしても、そうか……。もうそんな時期か。言われてみれば、見知った顔やら、ギルドに見慣れない顔がいくつかあったな。……あれはギルドやら騎士団のスカウトか。

スキル認定式にあわせて町入りし、青田買いをするつもりなのだろう。

「うん……忙しいのはわかってる。スキル認定くらい、どこの家でも一人で――…………ってあるえ？」

「……うん⁇」

一世一代の告白のように言ったリズだが、目を真ん丸にしている。

「え？　あれ？　あ、あっさり」

「うん……？　そら、あっさりやで？」

可愛い義妹のハレの日やで？　行かないでか?!

「っていうか、なんでそんな緊張しとるん？　断るわけないでしょ？　ええから、いつでもいいから言ってみ」

――絶対行くから。

そもそも、なんで断られるの前提で話してるん??

リズのためやで……!?

仕事くらい休むっちゅうねん。……なんせ、冒険者は自由業だしね。

それに、ほかならぬリズのため――――……。

「むしろ、呼ばれなくても行くから」

「いや、呼ばれない時は来ないでよ！」

やだ。絶対行く。

リズのためなら、スキル認定だろうが、授業参観だろうが、運動会だろうが――――！

火の中、水の中、ドラゴンの胃の中でも!!

そう!!

　ほかならぬ!!

リズのため!!!

　リズのためや!!!

ガッ!!

クラウスは椅子の上に片足を載せると、天高く――――。

すぅぅ……。

「うぉぉぉおおお！　リズぅ、俺はスキル認――」

「きゃ――――！　もう、叫・ば・な・い・で!!」

ガンッ!!

「いッツッツッ」

ったぁぁぁ…………。

――うわ……、血ぃ出てるしぃ。

「な、なにで殴ったん?!」

「グー」

グーでぇぇえ?!

フライパンよりも痛かったんですけどぉ?!

……いや、いや！　そもそも、お兄ちゃん！　中級よ?!　中級冒険者!!

そ・れ・を・グー・でぇぇえ?!

「……いや、叫ぶのとか、マジでやめて」

「さ、さーせん……」

スゥと、マジな目つきでリズさんに睨《にら》まれたクラウスさん。

肩をすくめて小さくなって平謝り。

うん。

クラウスさん、興奮するとつい叫んじゃうの……。

「はぁ……ホントお兄ちゃんアホの人だよね。じゃ、その日はね、」

かくかくしかじか。こーゆー日程で。

「お、おう！　りょ、了解。じゃ、一緒に行こう！」

「うん!!　ありがとうー!!」

ぎゅー！　と首に抱き着くリズをポンポンして、離すとクラウスもしみじみ……。

主にふくらみがしみじみ……。

………まぁ、そんなにないけど――。

ギュー……！

　ギュー……!!

（ちょ、リズさん……？）

ギュリリリリリリリリリリ……!!

「あがががががが！　リズさん？　あのーリズさぁぁん？　く、首、決まってません？」

「そう？　うふふ――」

ギュリリリリリ……！

ウフフッ、って、ＹＯＵ‼　ギブギブギブ‼

決まってる、決まってるぅぅぅ‼

「不埒《ふらち》なこと考えたでしょ？」

「Ｎ、ＮＯ‼　ＮＯＮ、ＮＯＮ…………。リズさん、超素ッ敵ぃ」

「ん。よろしい」

ゲッホ、ゲッホ……！　やべぇ、行方知れずの父ちゃんの姿が見えた気がしたよ。

やべぇ……。リズさんっぱねぇっす。

家にいながらにして、息の根を止められるところだった。

つーか、リズ強くね⁉

「――で、でも、そうか……。リズもついにスキルが、」

３年前のあの日を思い出すクラウス。

ユニークスキル【自動機能《オートモード》】を得たあの日……。

多数のスカウトに囲まれ、色々なギルドや騎士団からも声が掛かった。

パーティに入ってくれないか――。

専属にならないか——。

騎士団に入団しないか——。

そして、

「君のユニークスキルは素晴らしい。

　俺たちと頂点を目指さないか？」

ズクンッ……！

心臓が、……跳ねる——。

……あの時のことを思い出して、

『特別な絆《スペシャルフォース》』との、出会いと……別れのあの時を——。

くっ。

もう、３年も前のことなのに…………。

「そ……う、だな。うん！　リズ、一緒に行こう。……なに、心配するな！　どんなスキルでもお前は俺の大切な義妹だ」

「う、うん！　ありがとう！」

リズの不安な気持ちと、期待する気持ち——その相反する感情はよくわかる。

だけど、必ずしも望むスキルが手に入るわけじゃない。

それでも——。

「……ところでリズ。お前、スキルを得たら、何かしたいことはあるのか？　仕立屋とか料理屋とか――……まぁスキルにもよるんだろうけど」

「え?!　そ、それはその……」

もじもじ。

「ん？　どうした？　お前がやりたい物だったら何でもいいんだぞ――あ、冒険者以外な」

……こんな、ヤクザで危険な仕事は両親と俺だけでいい。

「もちろん、ぼぅ――……。そ、な?!　えええ！　お、おおおお」

「ん？　何も決めてなかったのか――？　いいから思いついた仕事言ってみ。ほらほら――」

――冒険者以外な。

プルプル震えるリズ。

「お……お……お…………――」

お？　お――……。

『お』ってなんや？

温泉発掘…………？　な、わけないか。

じゃあ、
お……。おーおー……女の子いっぱいのバー勤務とか?!

そそそそ、そんなんお兄ちゃん許さんで!!

「あかん、あかん！　バーなんてあか――」

「お兄ちゃんのばか――――――――！」

　バッチィン！

「いっだぁっぁあああ?!　『お』って、お兄ちゃんの『お』、かーい?!」

　ってゆーか。

「え？　なに??　なんでぇ？　なんで殴られたん?!」

「馬鹿！　知らない！　スケベー、変態ッ!!」

　いや、へ？

「ちょっと、リズ――――」

「はい、お弁当!!　さっさと仕事に行ってきなさい!!」

　いや。スケベと変態、関係なくない?!

　っていうか、今さっき帰ったばかりやがな。

　…………つーか、弁当作るの早ッッ!!

「ふん、だッ!!」

　ドカドカと足音も荒くリズが寝室に消える。

「…………反抗期？」

　結局、

次の日の朝も、ブッスーとふくれっ面をしたリズの顔を見ながら、気まずい思いで「いってきます」をするのだった。

俺、なんかやっちゃいました？

第3話「中級の狩場」

ガラガラガラガラ……。

「よう、にいちゃん。ついたぜ」

いつもとは違う乗合馬車。

冒険者の顔ぶれもほとんど面識がない人ばかりだ。

それもそのはず――。

「ありがとう。帰りも頼むよー」

「おーう。気をつけてなー……。ここは、あんまり人が来ないからよ、俺っチの馬車を逃したら、泊りか歩きになるぜ」

「わかってる。陽の落ちる前には戻るよ」

「わかってるならいいんだ。じゃーなー」

そういって後ろ手にクラウスに手を振る乗合馬車のギルド職員。

彼は、辺境の町廻《めぐ》りの狩場を回るあの翁ではない。

ここは別の町――――「僻地《へきち》の町」近傍の狩場で、

御者の若い男は、その町周辺の狩場を回る乗合馬車を運行している者だ。

一見、軽薄そうな雰囲気の青年は、誰にでも気さくに話しかけてくれるギルド職員で、元冒険者なんだとか。

コミュ障ＭＡＸのクラウスにはありがたい相手だ。

そう。

現在のクラウスは、最近になって新規開拓を始めた狩場に来ていた。その中でも、ここはクラウスが目を付けた割と新しい狩場で――中級以上の冒険者として、転移ゲートが使えるようになって本格的に狩りを始めようとしている場所でもあった。

その名を『幽玄の清流』という。

静かな山間《やまあい》を流れる渓流から成る狩場である。

ちなみに、

足を運んだのは2回。

今日で通算、３回目だ。

「……いやー。僻地の町のギルドのお知らせ掲示板にもあったけど、ほんっとにここも無人なんだな」

この周辺は町の名が示す通り、僻地で、人の手があまり入っていない地域だ。

手付かずの自然に、

雄大な大地と荒々しい山々。

まさにクラウスにうってつけだ――。

「……さて、誰も見てないよな？」

キョロキョロと辺りを確認。

新規狩場で【自動機能《オートモード》】を使うのだ、慎重にならざるを得ない。

『気配探知』で確認。

右よし

左よし

空と地面の下にも気配なーし

「よーし、やるぞー!!」

コキコキと首を鳴らすと、一人気合を入れる。

そして、いつもの――ウォーミングアップ。

――スキル『自動移動』！

ブゥン……。

※　※

《移動先を指定してください》

●街
●フィールド・ダンジョン←ピコン
●その他

※　※

「よ～っし、今日は久しぶりにサクサク狩るぞ！　――そして……見せてもらおうか、中級の狩場の稼ぎとやらをッ!!」

いよいよクラウス、初となる本格的な中級狩場での冒険開始だ！

ブゥン……。

※　※

《移動先：幽玄の清流》
⇓移動にかかる時間「00：09：30」

※　※

河原のキレイな狩場で、推奨レベルはおおむね中級――――。

さって、狩りますかね。

――待っとれい『幽玄の清流』!!

……そして、まだ見ぬ、素材に魔物たちよ――――!

「とぅ!!」

例によって例のごとく、【自動機能《オートモード》】を発動……!

『自動移動』スイッチオ――――ン!

すると……。

シャッ――――!

ふっと、いつものように意識がなくなり。

気が付けば、数回足を運んだ狩場の入り口だった。

「……うん、狩場の真ん前だ。よぉし、今日はやるぞー!」

装備を手早く確認し、勢い込んで狩場に飛び込むクラウスは、それでも油断することなく狩場へと足を踏み入れた。

『幽玄の清流』は高山を流れる小川が作る渓谷の総称で、澄んだ水がサラサラと音を立てて流れ、いくつもの支流を作り合流し、清流を形作っていた。

そして、豊かな水源と温暖な気候を受けた植物はすくすく育ち、青々とした竹や柳などの木々を繁らせている地形だった。

「よっと！　ほっ！　……とぉ！」

そこを、クラウスが軽い足取りで、流れの上にある小さな岩を足場に飛び回っていく。

軽快に跳ね回って獲物を探す。

手にしているのは、いつもの黒曜石の短剣だった。

本当は、もっとグレードの高い短剣を新調したかったが、ここ最近稼ぎが落ち込んでいるので我慢していたのだ。

だが、使い慣れた黒曜石の短剣も悪くはない。

なにより、それは研ぎに出したばかりなので新品のような輝きを見せ、陽光に反射する川面《かわも》の光をさらに反射していく。

キランッ……！

人気のない狩場で、クラウスの短剣がよく目立っていた。

そこを目掛けて、

『ジャァァアアア!!』

来たッッ！

ザッパァァァアアン!!

川面から顔を出した黒い影が、気味の悪い声を上げて水流を飛ばす。

「アブねッ！」

サッと身を翻《ひるがえ》し、一撃を躱《かわ》すとさらに一撃！

『ジャアアア！　ジャァッァアアア!!』

着地点を狙って、ビュンビュンと水流が飛んでくる。

「――……っと、思ったより怖いな!!」

きれいな水面を割って巨大な黒い影が現れるのは中々に迫力がある。

だが、幸いにも連続攻撃のわりに、一撃一撃の間隙が大きく、躱すのはそう難しいことではない。

「……そこぉッ！」

何とか、水流攻撃を凌《しの》いだクラウスはサッと懐に飛び込んで短剣で軽く皮膚を傷つける。

（――貰《もら》ったぁぁぁあ！）

その瞬間、ボヨンとした感触を手に感じる。

「うげッ！　気持ちわる――」

思ったよりもブヨブヨとした体表は、ぬめりに覆われており、短剣ごときの一撃は意に介していないらしい。

だけど、

「目的は達成。まずは一撃をいれること！　――――これでお前も『自動戦闘』で仕留めてやるッ!!」

ステータスオープン!!

『自動戦闘』

ブゥン……。

※　※

《戦闘対象：ラージサラマン》
　⇒戦闘にかかる時間「００：０２：１２」

※　※

サラマン……。

サラマンダー？　……――オオサンショウウオか！

どーりで真っ黒なわけだ。あの感触は身に詰まっている脂肪と表面のゼラチン質のせいだろう。

かなりの弾力で、刃も通らない――……だけどッ。

「よっし！　行ける――――!!」

倒し方など皆目見当はつかないけど、【自動機能《オートモード》】が2分強で倒せると言っているのだ。

迷う必要もない。

たった一撃しただけで自動戦闘の対象となるのだ。これほど、便利なスキルはないだろう。

「でも、さすがに中級の狩場――……１匹相手にしては思ったより時間がかかるな……」

これは相性……？

いや、
武器の性能差か……。

けど、まだやれるはず――――！


自動戦闘……発動ッ！

フッと、いつもと同様に。

――……そして、気付いた時には、

「ゲホッッ……！　カハッ」

荒い息をついてラージサラマンの脳天に短剣を突き刺した状態で意識が戻る。

やはり、１匹とはいえ中級の魔物相手はまだキツイ。

「ふぅ……。ギルドの資料室で読んだ通りだな。この辺の魔物は縄張り意識が強いので、ほとんど群れを形成しない」

これがためにこの狩場を選んだクラウス。

下級の魔物ならともかく、中級以上にはまだまだ苦戦すると予想していた通り、1匹でも2分以上戦闘時間がかかるのだ。これが複数となればその数字は跳ね上がるだろう。

だが狩れる――――。

クールタイムを挟みつつ、一体一体確実に仕留めていくのだ。

「よーし！　まだまだ狩るぞぉぉおお！」

しっかりと下調べをして行けば中級の狩場でもクラウスは戦える！

その確信に至り、この日のクラウスは乗合馬車が迎えに来る時間までひたすら狩り続けるのだった。

※　本日の成果　※

～ドロップ品（討伐証明）～

ラージサラマンの舌×5

グレーターニュートの尻尾×10

走りトラウトの尾びれ×3

～ドロップ品（素材）～

ラージサラマンの肉×３
グレーターニュートの皮×10
走りトラウトの胆嚢《たんのう》×３
走りトラウトの身×３

～ドロップ品（魔石）～
魔石（中）×４⇓使用済み
青の魔石（中）×２
緑の魔石（中）×１

～採取品（草木類＆鉱石類）～
清流の若竹×５
よくしなる柳の枝×23
きれいな岩苔《こけ》×14
ガーネット原石×12

※　以　上　※

「次の方ー！」

「あ、は～い」

狩りを終えたクラウスは、ギルドに帰還し、山となったドロップ品を換金するため列に並んでいたが、自分の番が来たことに気付いて顔を上げた。

「どうぞー。本日はどのようなご用件ですか？」

「あ、どもッ。クエスト達成報告と素材換金にきました」

いつもと違うカウンター。

いつもと違う受付嬢。

いつもと違うギルドの中……。

ここは、「僻地の町」の冒険者ギルドだ。

「はーい。では、こちらにクエストの控えと、討伐証明か依頼品をお願いしますぅー」

少し鼻にかかるような甘ったるい声を出す受付嬢。

ちっちゃなメガネがチャーミングな子だ。

「えっと、……あ、これだ！」

慣れないギルドの内部ということもあり、スムーズに取り出せないクラウスは少しだけ焦りながら素材を出す。

『魔物の討伐』――その証明の部位と、

『素材の採取』の依頼品を取り出し並べていく。

「はーい。少々お待ちくださいませー」

受付嬢が奥のスタッフに声をかけて討伐証明と依頼品を渡す。

ほどなくして鑑定結果が出たらしく、

「お待たせしましたー。コチラ成功報酬となりまーす」

チャリ～ン♪

お盆に乗った金貨と銀貨。

結構な額だが…………。

……う、うーむ。

「――他のドロップ品はいかがなさいますか？」

「あ、換金で」

金額を見て考え込んでいたクラウスは、反射的に答える。

「わかりました。では、素材はこちらで換金所に手配しておきます。奥の席でおかけになってしばらくお待ちください――」

はーい。

どこかの「某《ぼう》」テリーヌと違って仕事が速い速い。

ギルドマスターの呼び出しを食らうこともないしね。

クエストをこなすたびに嫌味を言われないだけで随分やりやすい。

そのかわり、事務的な対応は温かさというか……人情味がなくて面白みに欠けるけどね。

――とはいえ、それが悪いわけではない。

それに、どこのギルドもシステム的には似たようなものだ。

この僻地の町は中級の狩場が多いだけに、冒険者の数も辺境の町とは段違いに多いのだろう。

それだけに、受付嬢も事務的にならざるを得ない。

多分、一日に捌《さば》く冒険者の量も「辺境の町」とはけた違いに多いのだろう。

某テリーヌのように、名前を憶《おぼ》えて親しくしてくれそうな雰囲気もなかった。

「それにしても、この額か……」

金貨5枚に銀貨47枚。

決して低額というわけではないが、辺境の町の近傍狩場で荒稼ぎをしていた時とは明らかに実入りが違う。

危険を冒してまで稼ぐ額というにはちょっとばかり味気ないものだった。

「ん～…………。勢い込んで、地元の町を出てみたはいいけど、思ったより稼げないな」

狩りの効率のこともさることながら、多分、税金でかなり引かれているのだろう。

これは、転移ゲートを使う前にテリーヌに聞いた通りだ。……地元出身の優遇措置がなければこんなものらしい。

「それに、転移ゲート代も馬鹿にならないし……」

帰り賃だってタダではないし、宿代もかかる——また、食費も相当なものだ。……味はイマイチなのに。

そして、肝心のレベルアップはまだまだ先。

なんといっても、魔石の収集率が段違いに悪いのだ。

……お金は生活するだけなら十分だが、魔石を購入してレベルアップすることを考えるならまだまだ不十分。

実際、あれ以来レベルはアップしていない。

「……とりあえず、もう少し回ってみるか」

クラウスにしては珍しく、遠征のためこの僻地の町で宿を取っていた。

それも3日という長期間!!

(リズが心配するだろうな……)

母親が療院にいるため、実質……家にはリズ一人。

年頃の女の子を一人残していくのも正直不安だったが、冒険者として生きていくなら遠征はいずれこなしていかなければならないこと。

剛の者ならひと月やふた月、もっとならば1年以上家に帰らない者もいるんだとか。

（俺には真似《まね》できないな……）

ふと、リズの寂しそうな顔がよぎり、胸がキュウ――と締め付けられるような気持ちに襲われる。

「リズ……お兄ちゃんも寂しいよ」

我ながら情けない。

――たったの数日でこれか。

（…………はぁ。遠征を繰り返すのは、俺には無理だな）

クラウスは家で待つリズの顔を何度も思い浮かべては、頭《かぶり》を振る。

……はぁ～。

「クラウスさ～ん。クラウス・ノルドールさーん！」

「あ、はーい」

素材換金所のギルド職員が大声で名前を呼んでいる。

どうやら、換金が終わったようだ。

「あ、どもども。クラウスでーす」

「はいはい――――コチラ、換金分です。次回もごひいきに～」

素材をさばいてきたばかりなのか、黒いエプロンに、裾まで真っ赤に染まったシャツを着た職員がお盆にのせた金貨を運んでくれた。

「ありがとうございまーす」

チャリ～ン♪

金貨４枚、

銀貨22枚………。

う、うーん。

やはり、イマイチ。

悪くはないんだけどなー。

『夕闇鉱山』で大量の魔石を掘る手間を考えると、確かに一回での実入りは大きい。

大きいけど、レア素材を換金した時の大金を目にしたことのあるクラウスとしてはイマイチ感動にかけてしまう。

……贅沢《ぜいたく》な悩みではあるんだけどね。

「──さて、」

（……今日はもう休もう）

受け取った報酬を手に、酒場に移動して飲み物を注文する。

この時間だと狩場を回るのも微妙だし、宿に帰ってもすることがない……。

「ほい、果実割りー」

「あんがと」

ジュースを口にしつつ、今後の方針をあれこれと──。

「うーん」
手にした報酬は、
〆《しめ》て金貨９枚と銀貨69枚。
(内訳は、
クエストの成功報酬と追加の報酬で金貨５枚と銀貨47枚。
素材代として、
ラージサラマンの肉×3⇒銀貨18枚
グレーターニュートの皮×10⇒銀貨40枚
走りトラウトの胆嚢×3⇒銀貨30枚
走りトラウトの身×3⇒銀貨６枚
色付き魔石が全部で、金貨２枚と銀貨55枚
ガーネット原石×12⇒銀貨72枚――――)
以上ッ！
ちなみに、税金はどれくらい引かれているのかわからない。
……まぁ、それでもひと昔前の、銀貨１枚２枚で大喜びしていたころの稼ぎに比べると破格の額だ。
「――とはいっても、【自動機能《オートモード》】が活《い》かしきれてないんだよなー」

自動機能《オートモード》は、
スキル使用間の意識がないのと、途中キャンセルが不可能だ。

そのため、指定したモンスターとの戦闘や、資源の採取が終わるとその場で意識が戻る。

そう。

「たとえどんな不利な状況であろうと」――――だ。

そこに加えて、ネックとなるクールタイム。

このクールタイムが、実にやっかいなのだ。

例えば、【自動機能《オートモード》】でモンスターと戦闘したと仮定して。

とりあえず勝利したとしても、自動機能《オートモード》終了と同時に、目の前にドラゴンでもいたら………それでパクリとやられて終わりなのだ。

『自動移動』や『自動帰還』で逃げることもできない。

だから、どんな状況であっても、最低でもクールタイム終了まで生存できるような狩場が望ましい。

その意味では下級の狩場は理想的だったのだが……。

「やっぱ、下級の狩場で荒稼ぎした方が………」

「需要と供給って言葉知ってますか?」

「何事も程々にしてくださいということを――――!……」

「うぐ……」

地元の町のギルド――テリーヌとサラザール女史の言葉が脳内に反響する。

そうだった。

あれ以来、下級の狩場での狩りは控えているんだった……。

とはいうものの、本音で言うなら下級の狩場を中心に、安心安全に荒稼ぎした方が効率がいい。

魔石も、サイズは（小）程度しか出ないが、ないよりはいい。

そもそも魔石というのは、魔物を倒しても必ずドロップするわけではないので、経験値を考えると大量に魔物を狩るか、お金で購入した魔石を使用した方がはるかに効率がいいのだ。

と、いうわけで。

ここにきてクラウス。

なんと頭打ち状態になり、悩んでいるのだ。

「むむむむむむむむ………。いっそ、地元以外の町で下級の狩場を回るか？　王都やこの僻地の町の近傍にも、多くはないとはいえ下級の狩場はあるわけだし――」

下級狩場の多かった地元――「辺境の町」周辺に中級や上級の狩場があったように、ここにも中級や上級の狩場のほかに、下級の狩場はある。

なので、
そこに行ってみては、どうかなというもの。

「――だけど、それって狩場荒らしだよなー……」

クラウスがこの町の下級狩場でクエストをこなせば、それだけでこの町の下級冒険者の仕事を奪うことになる。

さらに言えば、『自動資源採取』で素材を大量に納品し続ければ物価は下落し、仕事量以上にそれ以上に下級冒険者の生活を圧迫するだろう。そして、クラウスの稼ぎも当然減るし、乱獲すれば資源が枯渇することだってある。

それはきっと望まれないだろうし、ここのローカルルールに抵触する可能性もある。

ルールは、多岐にわたるが、それに抵触すると面倒なことこの上ないのだ。

ご当地に存在するローカルルールとは暗黙の了解のことで、狩場での順番待ちだとか、クエストの掛け持ちの数などなど。

それらはギルドに聞いても教えてもらえないことが多いし――そもそも、ギルドはローカルルールを明文化するのを嫌う。

つまり、それを知っているのは地元の冒険者だけなのだが、それだけによそから来た冒険者で、ましてや等級が違う冒険者においそれと教えてくれるものではないだろう。

まぁ、ローカルルールはローカルルールでしかないので、法律違反でもなんでもないのだが……。

「それじゃ、アイツらと同じだよな」

いつぞや『特別な絆《スペシャルフォース》』にやられた狩場荒らしを思い出す。

……ルール違反ではないとはいえ、――――モラル違反。

きっと、同じことをやれば、常識知らずな人間だと思われるだろう。

そして、そんな人間は「永年ボッチ」の称号を得てしまう。……すでにボッチだけどな!!

「はぁ……。それだけはいやだ。なにより、アイツらと同類とだけは思われたくない」

クラウスにだって守るべき矜持《きょうじ》はあるのだ。

(……ま、悩んでいてもしょうがないな。とりあえず残りの日程を終わらせて一度家に帰ろう)

ジュースのカップを返納すると、その日は近傍狩場の資料を調べただけで宿に戻った。

ちなみに、宿のご飯は、リズのものに比べて数段も味が落ちる……。

それだけでも、かなりのストレスとなった。

「…………ごっそさ～ん」

ゲ――――ップ。

量だけでクッソマズい飯。

……というか、リズの飯が旨《うま》過ぎるのだと今頃になって実感するクラウス。

「やべぇ、俺はリズなしではいられない身体《からだ》にされてしまった!!」

なんてこった。

リズめ、やりおる………。

「何《なぁに》言ってんの？」

ハッ?!

「り、リズ?!」

今リズの声が聞こえた気が……。

なにか幻聴を耳にしたクラウスであったが、気のせいだろう。どうやら寂しさの余り相当参っているらしい。

だって……。食事を終えたらすることもないし、年かさの冒険者は酒場に繰り出して一杯やるのだろうが、あいにくクラウスの年ではまだ酒を楽しめるものでもなかった。

そして、なにより話し相手のリズがいない。

「さ、寂しいよー……。やっぱり、まだ遠征は早かったかなー」

ドサリと宿のベッドに身を投げると、天井のシミを眺めながらボンヤリと物思いにふける。

(あー……どうしよう。やっぱり一度家に帰って、辺境の町周辺の中級の狩場に行こうかな。向こうも数は少ないとはいえ、一応中級も上級もあるし……)

転移ゲートが使えることに気をよくして遠征を始めたものの、やはりまだまだ分不相応の経験不足。

ここは大人しく地元で力を蓄えるべきかもしれないと考え始めていた。

――なにより、たった数日でホームシック。

当分の間は地元の辺境の町周辺に引き返そうかと考えて、その日は就寝。

……そして次の日。

「よし！　帰りたいのは山々だけど、とにかく宿代分くらいは稼がないとな」

クラウスはせっかく宿を3泊もとったということで、残りの日数を狩りに費やすことにした。

目標は経験を積むこと。また、最低でも5ヵ所は回ること――。

そう無理やり自分に目的を与えると宿を後にした。

目星をつけた場所はいくつかあるが、そこを一気に回る！　もう、一気にな!!

ギルドに入ると一直線にクエストボードで依頼書《クエスト》と隣の狩場の地図を確認する。

「俺でも行けそうなところは……――っと」

狩場の予約表を流し見、ソロでもできそうな狩場となるとこの程度――。

『破砕された見張り台』

ダンジョン・フィールド傾向：獣系・アンデッド系
『蟻《あり》の荒れ地』

ダンジョン・フィールド傾向：虫系・擬態系
『枯れた松林』

フィールド傾向：虫系・植物系

『古《いにしえ》の休憩所』
ダンジョン傾向：アンデッド系・亜人系
『耳鳴り渓谷』
フィールド傾向：爬虫類《はちゅうるい》系・蝙蝠《こうもり》系・茸《きのこ》系
『赤く錆《さ》びた街道』
フィールド傾向：アンデッド系・亜人系・獣系

「よし！　一気に行くぞー。まずは下見もかねてサクッとね！　深部まで行く必要はないし、あっという間に回れるはず」

残り2日————宿代と転移ゲート代をケチりたいクラウスはまだここに滞在するつもりだった。

「リズには3日で帰るって言ったしな……」

————残り2日、近場を狩って狩って狩りまくるぞー!!

「うぉぉぉおおおおお！　リズぅぅぅぅう！　俺はあと2日で帰るぞぉぉぉおおおお！」

一人、ギルドの天井に向かってこぶしを振り上げるクラウスであった。

「「うるっせぇっぇええ！　ぶっ殺すぞ————！」」

「さ、さーせん!!」

と、他の冒険者に怒られたのはご愛敬《あいきょう》……。

そうして狩場に当たりをつけると、クラウスはいつもの巡回乗合馬車を利用して狩場に到着、

「——サァ、行くぜ!!」

気合とともに、クラウスはボッチを極めんとばかりに、僻地の町近傍の人気《ひとけ》のない狩場に籠りに籠った。

「——うおおおおおおおおおお!!」

まずは、ボッチ《ソロ》専門狩場、

『破砕された見張り台』

ここは、昔の城塞跡がダンジョン化した場所で、上部の建物部と付帯設備がフィールドで、内部の地下がダンジョンという複合化した変わった狩場だ。

ただ、上部のフィールドはともかく、
内部の地下は薄暗く、アンデッドの湧く気味の悪い場所で、冒険者には人気がない。

しかも、採取できる資源が発見しづらく、その量も極めて少ないのだ。

……だが、自動資源採取のできるクラウスにはうってつけの場所と言えるだろう！

『コカカカカカカッ』

『グルォォォォオオオ』

でたでた。

スケルトンソルジャーに、グールローマー！　全部、中級の魔物！

「こぉい！」

まずは、元気なやつを1匹引き付けて――――――刺すべし!!

『コカァ?!』ザクッ！

『グルォ?!』ザクッザクッ！

刺すべし、刺すべし!!

……一撃したことで戦闘実績解除――――!!

………か――ら―――のぉぉぉぉおお！

自動戦闘！　――発動ッ

自動戦闘！　――発動ッッ

『コカァッァアア………』

『ゴルォォォオオ………』

いつも通りにチートな性能をした『自動戦闘』……！

気が付いた時には、

バラバラバラと白骨の山に還《かえ》るスケルトンソルジャー。

……グールローマーにいたってはズタズタに引き裂かれている。

「ふ――………。これで浅層の魔物は全滅させたかな？」

クールタイム発動中……。

「次は、近いところの資源採取だ!!」

周囲の安全を確保しつつの、

『自動資源採取』。

自動資源採取ぅぅぅう！

発動ッッ！

……クールタイム!!

「よーし！　数は少ないけど、資源ゲットだー」

&途中で湧いてきたアンデッドも何体か倒したぞ。

どんなもんだ──い!!

チ────ン♪

※　『破砕された見張り台』の成果　※

~ドロップ品（討伐証明）~
スケルトンソルジャーの下顎×4
グールローマーの下顎×3
ダークボーンドッグの下顎×3

ファントム血石×１
〜採取品（鉱石類）〜
古い獣骨×３
呪われた人骨×２
銅鉱石×50

〜ドロップ品（魔石）〜
魔石（中）×１⇒使用済み
赤い魔石（中）×１

「う〜ん……びみょー」

採取した資源と回収した魔物素材を背嚢《はいのう》に詰めていくが、思ったほどの実入りではない。

「少ないわけじゃないんだけどなー……」

やはり、ソロでは表層しか行けないため、実入りが少ない。

それに狩場の内部に詳しくないため、思い切った【自動機能《オートモード》】の使用ができないのだ。

……もちろん、やってやれないわけではないが、気が付いた時に、ダンジョンの奥地で迷子になっていましたというわけにはいかないのだ。

この辺の危険性は、下級ダンジョンの比ではないだろう。

下級ダンジョンでさえ、ロックリザードやスケルトンジェネラルに遭遇したのだ。

中級ダンジョンでこれ以下の危険しかないなどという甘い幻想は抱いていない。

それゆえ、結局は目の前の資源と魔物に対処するくらいしかできていなかった。

「まぁいい。安全第一‼　冒険者の心得――生きて帰ったものが正義ッッ‼」

というわけで……。

「次だ、次‼」

その後、クラウスはソロ推奨?ダンジョンを駆け抜けた――。駆けに駆けた‼

「――うぉぉりゃぁっぁあああ‼」

『蟻の荒れ地』

巨大蟻が食い荒らした後の土地で、草一本生えていない不毛の大地。

そこがフィールド化したのだ。

岩塩や貴重な原石が取れることもあるんだとか。

『ギギギギギィィィイ』

『キリキリキリキリキリ』

でたでた。

侍アントに奴隷アント！

どいつもこいつも、デッカイ蟻の化け物だ。

「さっこぉぉい!!」

まずは、元気なやつを1匹引き付けて————刺すべし!!

『ギギィ?!』

『キリリ?!』

か——ら————のぉぉぉぉおお！

自動戦闘！　——発動ッ

自動戦闘！　——発動ッッ

『ギチギチギチギチギチ……ギギ』

『きぃきぃきぃぃぃぃ……きき』

腹を上に向けて体を丸めるようにして動かなくなった巨大蟻ども。

かなりの数がいたようだが、とりあえず見える範囲は殲滅《せんめつ》できた。

「ふ——………。これで、このフィールドの見通し範囲の魔物は全滅させたかな？」

クールタイム……。

「次は、安全圏内の資源採取!!」

自動資源採取。

自動資源採取ぅぅぅう！

「よ——し！　資源ゲットぉっぉぉおおお！」

＆蟻系の魔物も倒したぞー。

※　『蟻の荒れ地』の成果　※

~ドロップ品（討伐証明）~

侍アントの触角×6

奴隷アントの触角×26

大黒アントの触角×5

赤羽アントの触角×18

~ドロップ品（素材）~

蟻のフェロモン塊×1

蟻のギ酸袋×15

~ドロップ品（魔石）~

魔石（中）×2⇓使用済み
黄色い魔石（中）×3
黒い魔石（小）×1

〜採取品（草木類）〜
土茸×20
黒いサボテン×4

〜採取品（鉱石類）〜
岩塩×5
ラピスラズリの原石×4
ガラス結晶×3

「まだまだ――――!!」

クラウスは駆ける!!

　駆けて駆けて駆けまくる――――!!

「僻地の町」の近傍の中級ダンジョンの――――割と浅いところだけを……!!

「――とぉぉぉっぉぉおおう!!!」

次々いくぜぇ!!

浅いところだけを、ね!!

「しゃぁ!!」

『枯れた松林』

王家が所有していた高級茸農園の成れの果て。

時の王が好んだ茸が自生していたが、のちに『靴下の臭いがする』として敬遠される。

以後、その茸も農園も廃れフィールド化する。

「とぅ!!」

『古の休憩所』

古代の都があったとされる街道の中継地点。

地下のドワーフが築いた大地下都市がある。

当時は地下歓楽街があったとされるが、崩壊してほとんど進めない。

現在はダンジョン化し、モンスターの巣窟になっている。

「うりゃああ!!」

『耳鳴り渓谷』

風に共鳴する石や木などがまばらに生える寂しい渓谷。

風が吹き抜けると、一斉に石と木々が低周波音を立てる。

それが、さながら耳鳴りのように聞こえることからこの名がついた。

昔からフィールド化が進んでおり、爬虫類系など魔物が生息。

「ここで――――最後!!」

『赤く錆びた街道』

巨大財閥が所持する狩場の一部。

年間利用料をギルドから受け取り、狩場の一部を開放している。

生きた天然鉱山として、傭兵《ようへい》が常に在中しリポップポイントで待機。

魔物を狩り続け魔石の採取を行っているという。

リポップポイントが定まっている珍しいフィールドで、

それ以外は一応自由に使用可能である。アンデッドが出没する。

などなどなどぉぉお!!

自動戦闘！

自動戦闘！

クールタイム……。

自動資源採取。

自動資源採取ぅぅうう！

クールタイム!!

「はぁはぁ、ぜぇぜぃ……」

そして、

あっという間に、残る狩場――、

『枯れた松林』

『古の休憩所』

『耳鳴り渓谷』をクリアし、

残るところは、帰り道にある『赤く錆びた街道』のみとなった――。

「ふー…………働いたぜぇ」

ジャキジャキジャキジャキ♪　ジャキィン……!

チ――――――ン♪

※　本日の成果。上記に加えて――……　※

～ドロップ品（討伐証明）～

歩く松茸《まつたけ》の笠《かさ》×1

ビッググールの下顎×4

ゴブリンメイジの耳×4
大鳴きトカゲの尻尾×3
ラージバットの牙×2
ゾンビ馬の蹄鉄《ていてつ》×3
ラージホーランラビットの尻尾×3

～ドロップ品（素材）～
歩き松茸の塊×1

～ドロップ品（魔石）～
魔石（中）×4⇒使用済み
魔石（大）×1⇒使用済み

～採取品（草木類）～
赤松の葉×20
アーロエ×20
屍《しかばね》草×10

以上――――……！

ぜぇぜぇぜぇぜぇぜぇ…………。

げほ――――。

「……うん」

うん…………。

「…………………効率、悪ッッッ‼」

背嚢の中のドロップアイテムを確認するクラウス。

そして、誰もいないのをいいことに盛大に独り言を話していた。

「あっれぇ？　なんでぇ？　け、結構回ったのになー」

クラウスは乗合馬車を待つことなく、状況の整理もかねて、帰り道に寄れる『赤く錆びた街道』に向かっていた。

『赤く錆びた街道』

ここは、中級ダンジョンと上級ダンジョンの複合ダンジョンだ。

このダンジョンは、「辺境の町」にある下級ダンジョンの『東雲《しののめ》の深山』によく似ている。

あそこも、奥地に『東雲の霊山』（中級）、
さらに奥地に『東雲の霊峰』（上級）と、奥へ奥へ向かうにつれて難易度が上がっていく。

『赤く錆びた街道』――ここもそこと同じ構造らしい。

そして、ここをもって本日最後の狩りとなるのだが……。

「う～ん……。どこもイマイチだなー」

最後の狩場に向かう前に頭を悩ませるクラウス。

それというのも、背嚢に入るほどの採取品しかゲットできていない。

当然、魔物もそんなに狩れていない。

……地元の狩場なら、自動戦闘と自動資源採取で山ほどドロップ品とアイテムを入手できたのだが、ここにきて効率悪化。

まぁ、理由は何度も言うように知識のなさと、ソロであること――。

なにより、浅層にしか潜れないという実力不足だろう。

「…………しばらくは、鍛えるしかない――か」

まだまだ焦る必要はない。なにせ、クラウスは中級冒険者としては新人中の新人なのだ。

そして、以前とは違い、クラウスには成長の余地が十分にある。

ならば、現状を甘んじて受け入れるしかないだろう。

今は雌伏《しふく》の時。中級推奨の狩場の浅層しか廻《まわ》れないのは、仕方ないと判断するべきだろう。

焦ったところでしょうがない。

それでも、まともに狩りをするよりも【自動機能《オートモード》】のおかげで、通常の何倍もの速度で狩りをできているのだ。

並の冒険者なら羨む環境で、贅沢を言っても始まらないだろう。

実際に、凡百《ぼんぴゃく》の冒険者は、この中級で一生を終えることも珍しくはないのだから……。

その点、着実に成長できているクラウスは恵まれている方だ。

やはり【自動機能《オートモード》】に大感謝――――。

「よっし！　ウジウジしててもしょうがない。これも経験だー！」

ひとり天に向かってこぶしを突き上げるクラウス。

「そういうことなら、サクっと本日最後の狩場を回るぞ！」

クラウスは前方に目的地である狩場を確認すると、装備を確かめながら入り口へと向かった。

しかし、

「悪いけどよー。今日はこの狩場は閉鎖中なんだ」

「えッ?!」

中級の狩場『赤く錆びた街道』に着いて早々出鼻をくじかれたクラウス。

『赤く錆びた街道』の入り口部分には、ちょっとした関所のようなものがあり、武装した傭兵が詰めていた。

彼らは歴戦の戦士のごとく周囲を睥睨《へいげい》しており、不審者の通行を見張っている。

だが、ここは私有地とはいえ、ギルドに開放されたれっきとした狩場。

普段ならば、冒険者であればほとんど顔パスか、冒険者認識票を見せることで通過できるはずなのだ。

というか……以前、狩場の下見をした時にもそれで入れた。

「な、なんで？　前は入れたけど……？」

「さぁな。俺たちもよく知らん――上からのお達しで、奥の上級ダンジョンまでの道を全て封鎖せよ、とのことだ」

『赤く錆びた街道』は、ギルドが管理している狩場ではなく、王都に居を構える巨大財閥が所有している狩場だ。そこを年間使用料を払うことでギルドが利益の一部を享受している特殊な狩場であった。

普段は傭兵たちが魔物を狩り、魔石を採取することを目的とした「生きた魔石鉱山」として使われているほど、魔石の出現率の高い狩場として有名だ。

また、この街道の奥にも『空を覆う影の谷』という上級ダンジョンがあり、上質の魔石を産出する鉱山として管理されているという。

「……えっと、俺、こーみえて一応冒険者なんだけど――」

「それは見ればわかる。だが、俺たちにはどうにもできん。うえに『封鎖《とざ》せよ』と言われればそれに従うまでだ」

財閥に雇われた傭兵は忠実に任務を果たしているらしい。

ギルドとの取り決めで、本来なら勝手に閉鎖などできないはずだが、もしかするとクラウスが見落としていただけで「僻地の町」のギルドのお知らせ掲示板には、「使用禁止」などと記載されていたのかもしれない。

「はぁ……。わかったよ。しゃーないよなー」

「すまんな。代わりと言っては何だが、我々が使っている宿舎を開放している。トイレとお茶――あと、飯くらいなら提供するぞ？」

「ん？　いや……いいよ。ありがとう」

割と気さくな傭兵がすまなさそうに頭を下げている。

財閥直属の傭兵なだけあってお行儀はだいぶ良《い》いらしい。

そして、言われた宿舎を見れば――なるほど、数組の冒険者が食事をとっている。

財閥としても、狩場を閉鎖したことで冒険者に悪感情を抱かれたくないのかもしれない。

というのも、財閥は魔石を採掘するためにフィールドを所有しているが、魔物は際限なく湧き続ける。それを延々と狩り続けるのは傭兵と雇いの冒険者だけでは厳しいのだろう。

その取りこぼしをフリーの冒険者に倒させることで狩場の崩壊――通称フィールドオーバーフローを防いでいるらしい。

だから、ああして冒険者にはなにくれとなく便宜を図っているようだ。

（そういえば、ここの財閥も確か冒険者のクランを経営していたな――――……どこだっけ？）

うーん、と頭を捻《ひね》りながらも、記憶を探る。

「…………（ま、いっか）じゃ、もう行くよ――。乗合馬車の停留所はこの先だったよね？」

「停留所はここから南に歩いて5分ほどだ。……じゃあ、気を付けてな。――ああ、そうだここの再開はいつになるかわからんから、そのつもりでいてくれ」

「あいよー」

まぁ、帰りがけに寄っただけの狩場だ。

どうしても行きたかったわけでもない。

ガチャ。

「さて、帰るか――」

「ぷひー…………出たでた」

「おっと」

クラウスは記憶を探っていると、外に設置された箱型の野外トイレから少女が一人。ぶつかりそうになるのを危うく躱すと――。

「ん？」

「あ……」

眠そうな目。

線の細い子――……猫みたいな子。

あ、あー……。誰だっけ、確かゲインとこの――――……！

「し、シャーロット？」

「うん、シャーロットだよ」

ギュっ。

なぜか唐突にシャーロットと再会。

そして、出合い頭に腰に抱き着かれた。スリスリ――。

「ひ、久しぶり――ってほどでもないか？　どうしたんだ、こんな所で？」

確か、昇級試験で中級に合格していたはず。もちろん合格しているのだが。

「んー？」

こんな所でに反応したシャーロットは、
便所を振り返り…………、

「ウン――」

「みなまで言わんでいいッ」

ガシリ！　と顔面を摑《つか》んで口を塞ぐ。

……この子、今絶対「ウン〇」って言おうとしたよね？

「クラウス、痛い」

「あ、ごめ――」

思わず顔面を鷲摑《わしづか》みにしちゃったけど、女の子に失礼過ぎた……メンゴメンゴ。

「いいよー。クラウスはどーしたの？　あ、ウン――」

「だ・か・ら・ッ！」

わざわざ「ウン○」しに、こんなとこまで来るかッつの!!

……なんなのこの子？

なんで『うんうん』にそんなに並々ならぬ情熱を注いでいるの?!

「クラウス、痛い」

「ごめ――って、ああもう！」

思わず、口を塞いでしまったが……。シャーロットはあまり嫌な顔をしていない。

そういえば、クラウスも『特別な絆《スペシャルフォース》』所属のシャーロットに対しては、さほど嫌悪感がない。

他の連中は大嫌いだというのに……。

その点ではお互い不思議な関係だった。

「直前の行動を聞いてるんじゃなくて……まぁいいや。……もしかして、ゲインたちも？」

「うん。なんか、レベリング強化期間とかいってた」

はーん……。レベリング強化ねー。

「そうか。やつらとは顔を合わせたくないんでな――悪いけど、そろそろ行くな」

「うん。またね！」

ニコッ！　と笑うシャーロットは相当に可愛《かわい》い。

思わずドキリとしたクラウスは、赤くなった顔を見られないように「あー、うん」と、誤魔化しながら彼女の頭を撫《な》でる。

ほぼ初対面に近い女の子にこれはどうかと思うが、なぜかシャーロットはゴロゴロと喉を鳴らさんばかりにすり寄ってくる。

くんくん……。

「クラウス、また強くなった？」

「ん？　いや、最近は伸び悩んでる」

中級の狩場を回るようになってから、レベルの上昇が鈍化しているのは事実だ。

「ふーん？　じゃー。これあげる」

「は？　え？　お、おいおい……」

何気ない仕草で道具入れから大粒の魔石を差し出したシャーロット。

魔石（大）がゴロゴロだ……。

「ど、どうしたんだよ、それ」

思わずゴクリと喉がなる。

「んー。なんか、使えって、週1くらいで貰える」

すごく興味なさそうなシャーロット。

「週1って……」

あーそうか。『特別な絆《スペシャルフォース》』の経験値の配給か。

特に目を掛けている冒険者に支給される魔石の特別手当。

どうやら、シャーロットはかなり目を掛けられているようだ。

「貰えないよ。……バレたら何言われるかわかったもんじゃないしな」

「そう？　わかったー」

あっさり魔石を引っ込めるシャーロット。

それを見届けると、クラウスはシャーロットに手を振って別れる。

そろそろ行かないと連中と鉢合わせしそうだ。

そそくさとその場を離れたクラウスの耳に、

「シャーロット殿?!　シャーロット殿ぉ!!」

あ、やべ。

「シャーロット。じゃあな。またどっかで」

「うんー！　またねー」

ブンブン！　と無邪気に手を振るシャーロットと別れて道に戻ったクラウス。

その背後で、シャーロットと、『特別な絆《スペシャルフォース》』の一人が合流しているのが見えた。

「シャーロット殿！　いつもいつも、急にいなくならないでください！」

「ウ○コだよ？」

「シャーロット殿ッ?!　女子がそのようなことを――」

……あれは――――レインさん？

シャーロットの手を引いているのは、燃えるような赤い髪をした隻腕の女戦士レインであった。

クラウスが『特別な絆《スペシャルフォース》』に所属していたころは、そこそこお世話になった人だ。

ゲインに忠誠を誓っているらしいが、だからと言って他のメンバーに対して冷たいというわけでもなく、キチンと対応してくれる律義な人だったと記憶している。

「あの人がシャーロットの世話役か……。苦労してるだろうな」

ふふふっ――と、マイペースなシャーロットと、堅物っぽいレインのコンビを想像して小さく笑うクラウス。

それにしても――……なんだって急に閉鎖を？

「奥の『上級ダンジョン』で何かやってるのかな？」

シャーロットは『特別な絆《スペシャルフォース》』がレベリング強化期間だと言っていた。

「まさかな――」そうして再び振り返ったクラウスは、関所の上にはためく旗を見て気付く。

「あ！　――――そーか、どーりで」

どこかで聞いた覚えがあると思っていたんだ。

そうか、そうか。そうだった！

「………ここらはカッシュ家の所有する狩場か」

『特別な絆《スペシャルフォース》』のリーダー。ゲイン・カッシュ。

金で爵位を買ったと言われる成金《なりきん》貴族で、大財閥のカッシュ家の御曹司。

……なるほど、どーりで――。

アイツの家が経営している狩場の一つだったのか……。

確か、大財閥の一部門が運営しているのが、この『生きた魔石鉱山』だったはず。

意匠は異なれど、パーティと似たデザインの旗を見て、クラウスの中に『特別な絆《スペシャルフォース》』との因縁が蘇《よみがえ》ってきた。

「うーわ……。選択肢ミスるとこだった。アイツんとことあんまし関わりたくないからな、今度からはちゃんと調べて、カッシュ家所有の狩場は避けよう」

……君子危うきに近寄らず。

貴族や金持ちと喧嘩《けんか》してもいいことはないからな。

もう、ゲインとは手遅れな気もするけど――。

くわばらくわばら

クラウスは『特別な絆《スペシャルフォース》』と遭遇しないように、さっさと退散するのだった。

しかし、後にクラウスはこの場で彼ら《スペシャルフォース》の動きに注意を払わなかったことを酷《ひど》く後悔することなる。

ゲインたちが、この奥地で何をしているのか…………。

それが世間を揺るがす大事件になるとは、まだ誰も知らない――――。

第4話「パイセン」

ガラガラガラガラガラガガー…………。

「よー。ついたぜ？」

今日も例のギルド職員が馬車の背後に声をかけると、乗合馬車に乗っていた冒険者たちがゾロゾロと降りて、一斉にギルドの中に吸い込まれていく。

「お！　兄ちゃんも無事で何より――」

「さっきも同じこと聞いたぜ？」

狩場からギルドに帰る馬車でも、こんな調子。

そして、誰にでも御者の男は気さくに話しかける。

「そうか？　まぁ、この辺の冒険者は入れ替わりが激しくてよ」

そう言って、バンバン！と気安くクラウスの背中を叩《たた》く。

悪気はないのか、言いたいだけ言うとさっさと馬車で行ってしまった。

「入れ替わりか――……」

それってつまりは……。まぁそういうことだろう。

「辺境の町」の下級の狩場と違って、クラウスが今いるのは「僻地《へきち》の町」。

そして、ここが中級の狩場が多い場所なのだと否《いや》が応《おう》でも認識せざるを得ない。

「……顔も名前も覚えられないうちに死ぬのはごめんだぜ」

素材の入った袋を担ぐと、先に降りた冒険者に遅れること数分で、クラウスもギルドに入る。

ギルドはある程度同じようなつくりをしているから戸惑うこともない。

カウンターと素材換金所と、
あとは酒場と転移ゲート。

それ以外は、資料室やらレンタルコーナーとどこもかしこもこの辺りは共通だった。

「あら～？　え～っと、クラウスさんでしたっけ？　おかえりなさ～い」

先日のメガネの受付嬢がニコリとほほ笑んでクラウスの対応をする。

何とか、名前は覚えてもらえたらしい。事務的とはいえ、彼女らも人間。ちゃんと血の通っている証拠だ。

「今日はどのような御用ですかぁ？」

いつものように少し鼻にかかったような声。

そして、可愛《かわい》い……。

いつの間にか並んでいたギルドのカウンターの列が進んでいたらしい。

「あ、どうも――――これクエスト達成の分です」

そういって依頼書の控えと討伐証明を差し出す。

「……は～い。確かに――他の素材はどうなさいますかぁ？」

「あ、換金で」

いつも通りのいつものやりとり。

少しここの雰囲気にも慣れてきた。

「少々お待ちくださーい」

さすが、中級冒険者が多く活動している冒険者ギルドなだけあって仕事が速い速い。

どっかの某テリーヌと違って、文句と嫌味の一つもなく、サクサクと仕事が進んでいく。

「はい、確認が終わりましたー。では、まずは依頼達成おめでとうございますぅ。こちらが報酬となりますね～。また、素材はこちらで換金所に手配しておきますので、しばらくお待ちください――」

おーおー流れるような対応の速さ。

ホーント、どっかの某テリーヌとは大違いだ。

※　同時刻　辺境の町受付にて　※

「ぶわっくしょ～～～～～ん!!」

「うわっ！　お、おねーさまぁ！」

某テリーヌの盛大なくしゃみ。

「あ、ゴメン。ティエラ」

「え？　いえいえ、ご褒美みたいなもんです……。あ、このくしゃみで飛んだ鼻水と涎《よだれ》、保管しといていいですか？」

「きもいからやめて」

ちびっ子ダークエルフのドン引く言葉に、テリーヌが顔を引きつらせる。

「それにしても、どうしたんです？　風邪ですかテリーヌ？」

サラザール女史もギルドマスターの部屋から顔を。

「さ、さぁ？　……ただ、なんとなくー、クラウスさんの顔面にパンチをぶち込みたくなりました。なんででしょう？」

「「さ、さぁ？」」

ティエラとサラザール女史は顔を見合わせるのみ。

まさか、僻地の町で噂《うわさ》をされているなど、露とも思わず――――。

「とりあえず帰ってきたらぶん殴っていいですかね？」

「「そこは自己責任でお願いします」」

※　そして、場面は僻地の町に戻る――　※

「ん？」ぞくり

な、なんか悪寒が――――……。

寒気の原因である失礼なことを考えている間にも、「なにやってんすか？」と受付嬢は首を傾《かし》げつつも、テキパキと事務をこなしていた。

「……計算終わりましたー」

お、おぉ……。さすが、はやいはやい。

慣れた手つきで金貨を積み上げると、受付嬢は――そっと、お盆に乗った金貨と銀貨を差し出してきた。

これがクエスト報酬分らしい。

「お確かめください」

「あ、はい」

討伐報酬が、

『魔物の討伐』で金貨5枚＋追加報酬の金貨2枚と銀貨24枚

『素材の採取』で金貨3枚＋追加報酬の金貨1枚と銀貨40枚

…………以上なり!!

う〜ん……。金貨11枚と銀貨64枚か――――悪くはないんだけどね。

「――では、次の方〜」

もう取引は終わりだと言わんばかりの受付嬢。それだけ言うとすぐに視線をそらしてしまった。

多分、次の人に譲れという無言の圧迫だろう。

「あ、ありがとうございます！」

「は〜い。お気をつけてー」

窓口で受け付けを終えたクラウスは素材換金所の換金待ちのため、手持ち無沙汰でベンチでボーッとする。

「あれだけ狩場を回ったのに、これだけかー」

贅沢《ぜいたく》な愚痴をこぼしつつ、なんとはなしにギルドを流し見ると、クラウスよりも年季の入っていそうな冒険者がウジャウジャといる。

辺境の町で見かけるのは多くが下級冒険者と中級冒険者だったが、ここは中級以上が大半を占めていた。その中級の冒険者の装備を見て、自分のそれの貧相なものと比べてため息が深くなる。

「はー……。俺、本当に中級冒険者になったんだな」

装備の比較。

そして、手にした報酬の少なさに（といっても、かなりの大金）、逆に中級を実感するとはいやはや……。

金貨10枚以上の稼ぎは、並の人間からすればかなりの稼ぎだ。

慎《つつ》ましやかに過ごせば、数年は食える額でもある。

しかし、それは、こと生活することだけに使った場合だ。冒険者の場合はそうはいかない。

……より高価な装備、ハイポーションのような高級消耗品に、ランクの高い魔石の購入――……

お金なんていくらあっても足りやしない。

ほんとうに、自分がそんな世界に到達したんだなーと、ひとりしみじみと昇級したことを実感していると――。

「おい！　――お前らぁ、僕のことを舐《な》めてるだろッ！」

ん……？

「……僕⁇」

こ、この声って――。

「黙って聞いてりゃいい気になりやがって！　僕を見ろ！　こっちを見やがれってんだい！」

勝気な声。

生意気そうなトーン。

遠慮を知らない声量――。

素材の換金待ちをしているクラウスの耳に、何やら聞き覚えのある声が飛び込んできたのはその時だった。

「んだと、クソガキぃ！」「おう、ごらぁ！」

「僕は、ガキじゃないぞ！」

げ。……やっぱり。

（おいおい……。あ、アイツは――――……！）

ギルド中の注目につられてクラウスも大声の先を確認すれば、いるわ、いたわ――――……。

ガッチムチ！の、冒険者の集団と真っ向から言い合いをしているチッコイ女の子が一人。

ぱっと見は小汚いガキにしか見えないが……。

「ガキは、皆そう言うんだよ！」

「むっき――――!!　ガキじゃない!!」

あー…………見覚えのあるちっこい体。

張りのある声……。

この既視感のあるやりとり。

（あいたた……頭が痛くなってきた――）

どういうわけか知らないが、筋骨隆々の筋肉ダルマとその仲間と喧嘩《けんか》中。

……………うん、メリムだ。

別に、会いたくもない顔。

中級昇級試験を一緒にこなしたメリムがそこにいた。

（うわー……。超……関わりたくねー。知らんぷりしとこ）

……だが、そんな風に考えている時ほど、うまくいかないものだ。

ギャーギャー！と大声で罵り合いをしているメリムと、ガッチムチ筋肉の冒険者集団。

絶対に関わり合いになりたくなかったのに――。

「もう怒ったぞぉ！　僕を怒らせ――――……あ、」

パチクリ。（メリム
パチクリ。（クラウス
うげッ。

目、逸《そ》らし――。

（や、やっべぇ、目が合っちまった……）

「く、クラウスじゃん⁉」

「チガイマース」

俺クラウスちゃいます。

ただの中級冒険者です、はい。

「ええ？　く、クラウスだろ？　……ほらぁ、やっぱクラウスじゃん‼」

……………げ。こっち来んなしッッ!!
顔を覗《のぞ》き込《こ》むなしッ!!
「なんだぁ？　この、クソ無礼なガキの仲間かぁ？」
いいえ、ケ――――。
タダの善良な新人中級冒険者です。
「おうおうおう！　保護者様のお出ましかー？」
「俺ぁ、ぷっつん寸前だぜぇ、誰でもいいからブン殴らねぇとよー」
シュシュ！　とシャドーボクシングを始めた筋肉ダルマ。
（おっふ……。これは、ヤ・バ・い！）
知らん。
知らん知らん！
知らん知らん知らん知らん知らん!!
俺は何も知らん――――!!
無関係でっす！
あのちびっ子は、
どう見ても中級認定試験で、ちょこ〜〜〜っとだけつるんでいたメリムだろう。
うん、（ローブの下は、結構すごかった《きょぬー》けど）ちびっ子メリムに間違いない。

だけど、無関係。

俺は無関係。

無関係ったら、無関係!!

断じて仲間でも、保護者などでもありませんッッッ!!

「おい、こっち来てくれよ、クラウスぅ!!」

行くかよッ!

「ん～なんだ、おいッッッ! おい、そこのぉ! テメェも仲間か? そこの兄さんよー?!」

……うっわー。捕捉されたー!!

誰か助けてー。

キョロキョロ。

見回すクラウスの視線を避けるように、フィッと視界から逃れる冒険者たちとギルドの職員。

(え～………。マジでー)

なぜか、ギルド中の人間から微妙に距離を取られて孤立しちゃうクラウス。

どーみても、誰も彼も関わりたくない様子……。

しかも、ギルド中が遠巻きにメリムたちを見てるじゃん? ただの冒険者の喧嘩じゃないよね、これ。

つまり………。

あれ《筋肉の冒険者集団》、絶対ヤバい連中だろ？ ……絶対関わりたくないやつだわ。
「クラウス！ 返事しろよッ」
黙れ。
その口を溶接すっぞ!!
「おうおうお～う？ お前がクラウスってーのか？ おい、聞いてんのかッ！」
やめて。
聞いてるけど、やめて――――。
……筋肉ダルマと、その仲間らしき連中も、ムッキムキ！ 胸筋とかバッキバキ。
もう、パンチだけで鉄板を凹《へこ》ませそうなくらい……。
なのに。
なのに……。
ダメだ、クラウスさんには１００％勝ち目なんてありません！
だ・か・ら、
(ま、巻き込むんじゃねー！ メリム、このくそボケカスぅぅぅう……！)
冷や汗ダラダラのクラウス。
その連中に面と向かってるメリムがまぁ、違和感バリバリ……。
「クラウスぅぅ!!」

そして、クラウスを巻き込む、ク・ソ・ガ・キ。

「し――ん……」

……あのね？　助けられないよ？　クラウスさんなんてワンパンで死ぬよ？

もう、パ――――ンよ。パ――――ン‼　あんな筋肉ダルマのパンチ食らったらね‼

「クラウスっっ！　何してんだよー。いいとこに来てくれたじゃないかッ。……なぁ、お前からも言ってくれよ」

来てねぇええええっつ――――の！

最初からここにいたッつ――――――の‼

いいとこなんか一つもあるかぁ！　ここは地獄かぁ‼

つ――――か、シレっと巻き込むな！

「おうおうおうおう、クラウスさんとやらよぉ？　仲間の躾《しつけ》がなってないんじゃないかー？　おっ？　……しかも、見ればきれいな真っ新《まっさら》の銅の冒険者認識票じゃねーか。……つーことは、おめえ新人のCランクだな。なるほど、」

ズンズンズン。

筋肉を揺らしながら筋肉ダルマが迫る。

「――お前もコイツの仲間で間違いなさそうだな？」

ブンブンブン！

高速首振り、全否定。

「………」

違います。

俺はタダの観葉植物です。

ブンブン首を振って否定してるでしょ？　ね？

お目めが、キョーロキョロ。

クラウスは聞こえているけど聞こえていないふりで、ギルドの素材換金所付近にあった観葉植物と同じようにジッとしていた。

「クラウス！　おーい、もうー！」

ジッと、

ジッとしていれば大丈夫。

ジッと――……。

「クラウス！　ほらぁ！　顔ぉ」

バサリとローブのフードを取るメリム。

ジッとぉぉぉお……！

………………していたのにぃぃぃぃぃぃ。

空気の読めないメリムさ――――ん。

「ん？　どうしたんだよ、クラウス？　ほら、僕だよ？　覚えてるだろ――中級認定試験で一緒だった……」

覚えてるけど、ぶっ殺すぞ、クソガキ!!

覚えとけよッ！　ぶっ殺されたいのか?!

「おうおう、兄さん！　なーに無視してんだ？　……ああ～ん?!　お前さん、ほんとにコイツの仲間だって言うんなら、タダじゃおかねぇぞ！」

やめて、タダにしてッ。

俺はタダの植物。つまらない観葉植物でございます。

「ぴゅ～るる♪　ぴゅー♪」

エア口笛を吹きつつ、観葉植物は喋《しゃべ》らない。

「ど、どうしたんだよクラウス？　おい、クラウスー！」

黙れメリム！

タヒね！

「ん～？　なんだこいつ。ビビってんのか？　それとも――」ムキッ！

そう、それです！

ビビってるとかそーいうのでいいですからほっといて!!

ムキムキ筋肉のアピールやめて！　怖いッッ!!

「それとも――――……似てるだけのただの他人か？」ムキムキッ！

ＹＥＳ!!

その通り!!　ただの他人でっす!!

筋肉ダルマ――ナイス!!

「んだよ、クラウス無視すんなよ。一緒に寝た仲じゃねーかよ！」

じゃッッッかましぃ、クソガキぃぃぃいい!!

誤解招く言い方すんなッッ！

「くっ付いて温め合ったじゃねーか、つれねーぞクラウスぅ」

ＳＨＵＴ ＵＰ!!

黙れクソガキ！

ぶっ殺すぞ、メリムてめぇ!!

「おいおい～！　なんでぇ、てめぇ、そーいう趣味か？　少年愛《ショタ》とか……ドン引きだぜ」

ちっげぇぇぇええええ!!

筋肉ダルマさん、ちげぇぇぇえからぁぁあああ!!

あと、コイツこう見えても、…………女ぁぁあああ!!

着痩せしてるけど、結構きょぬ――――――!!

「……ち、ビビりか？　それかホントに赤の他人か？」

そ――――です！　それそれそれぇぇぇ！

それでいいですからぁっぁあああ！

ビビりの赤の他人です。だからほっといてぇぇぇ!!

「おい、ガキぃ。他人を巻き込むたぁ、ふてぇ野郎だ。――――まぁ、もし……、」

ボキボキボキと、こぶしと胸筋を鳴らす筋肉ダルマ。

「――……もぉし、ほんとに仲間のクラウス？とかいうやつだったら一緒にギッタギタにしてやるところだぜ」

ぎぃぃぃゃやあああああああ!!（心の声）

く、クソガキぃぃぃぃ、
メリムのアホボケカスぅぅぅ……。名前覚えられてしまったやんけ!!

「ピュ～ルル～♪」

クラウスちゃいます。

ただの赤の他人。ビビり。観葉植物で――――す。

白《しら》を切りとおすクラウスを、受付のお姉さんがジト目でみてる。めっちゃ見てる。

めっちゃ見られてるぅぅぅ――――……けど、ね？

（……あ、はい。その目は知ってます。なんて言いたいのかも知ってます――）

――そーね。

……貴方《あなた》はクラウスの名前知ってるもんね。

だけどね……。

ちゃうねん。

クラウスさん、ただの新人中級冒険者やねん。

こんな筋肉ダルマと、馴染《なじ》みのないギルドで絡まれたくないねん。

だから、
ここにクラウスはいません。

きっと、本物のクラウスは、ＭＹシスターと実家でキャッキャウフフしてる――――。

「クラウスさ――――ん。クラウス・ノルドールさ――――ん。素材の鑑定終わりましたよ～？　クラウスさーん」


…………………。


ぎぃぇぇぇえええええええええええ?!

空気読め、素材換金屋ぁぁぁあああああああ!!

「もう、クラウスさん！　いるなら返事してくださいよ。――はい、ほら素材代の金貨３枚と銀貨70枚。確かに渡しましたよー」

「あ、ども……」

チャリ～ン♪

「「「………………」」」

やぁっぁあああああああああああ!!

いやぁぁあああああああああああ!!

ちゃう《違う》ねん、ちゃう《違う》ねん、ちゃう《違う》ねん、ちゃうねん《違います》!!

もっかい《もう一回》、もっかい《もう一回》、もっかい《もう一回》!　もっかい《もう一回》最初からやろ?　ね??

「今後ともごひいきに〜」

「……あ、ども――――」

わーい。

金貨だー。あはは、うふふ……………………。

……ガシッ。

クラウスの肩を掴《つか》む筋肉の気配。

「――――よぉ、クラウス」

「ち、ち〜っす」

パイセンち〜〜っす。

第５話「洗礼」

「てめぇ、二度とこの界隈《かいわい》でデカい顔すんじゃね――ぞ!!」

してない、してないよー！

――ドス、ドス!!

「げほっ……おぇぇぇぇぇ……」

「おあらぁ！　これが、この町流の挨拶じゃぁあ!!」

そんな挨拶聞いたことないぃ、オボロロロロロロ――！

――ぼこぉ!!

「っち、この金は迷惑代として貰《もら》っていく――おい、ガキ。その兄さんに感謝するんだな」

「ゲホッ……カハッ――」

……お、俺なんもしてへんやんけ――。

「ペッ。カスが――二度と、この僻地《へきち》の町のクラン『筋肉の戦士たち《マッチョファイターズ》』に逆らうんじゃねーぞ！」

さーせん。

二度と逆らいません…………。

っていうか、そもそも逆らってませんけど――。

「お、お前らぁ！　く、クラウス⁈　クラウス大丈夫かよ！」

「いいから、メリムは下がってろ……」

「かっこつけてんじゃね――――!!」

ドッスゥゥ!!

「おうぇええ！」

「おい、クラウス！　ど、どけよ！　僕が――」

「い、いいから……！　下がってろッ、おえッ」

背後にメリムを庇《かば》うクラウスは一方的に殴られていた。

そして、勝ち目がないので、この場を穏便に収めるためには大人しく殴られるしかなかった。

………でも、ね。

一個だけ言わせてくれ……。

そのクラン名、

『筋肉の戦士たち《マッチョファイターズ》』って――――ダッサ!!!

「……なんだ、その顔はぁっぁああ！」

「ナンデモアリマてーん」

ボッコォォォオン!!

「うぐわ――――」

ゴロンゴロンゴロン。ボッコォォォオン！

ゴロンゴロンと転がされて壁に激突。

冗談抜きに頭から埋没した……。

「ち――――ん……」

ただ巻き込まれただけのクラウスは、理不尽にもボッコボコにされているのだ。

ちょっと、クラン名をダサいと思うくらいの権利はあるだろう。

「……けッ、雑魚が。行くぞ、おい」

「うっす！」

「へーい」

「ケッ。命拾いしたな、ショタコン野郎」

筋肉ダルマをはじめ、
モヒカン、スキンヘッド、辮髪《べんぱつ》頭のチンピラーズの４人。

慣れた様子で、衛兵が来る前に撤収する連中。

さすが、引き際を知っているらしく、
散々クラウスをぶん殴った後、あの筋肉ダルマはクラウスのここ数日の稼ぎと消耗品を、全て奪って去って行ってしまった。

……そして、クラウスはといえば、ギルド裏の薄汚い路地で顔面をパンパンに腫らして転がっている始末――。
「うぅ……ゴメン。ごめんよ、クラウスぅ」
「いってててぇぇ……。あ、謝るくらいなら巻き込むなよ」
………あと、ショタコンじゃねぇよ!!
「ペッ」と唾を吐くと血の色が混ざっている。
口のどこかが切れているのだろう。
「ご、ごめんなさい……。まさかあんなに乱暴な連中だと思わなくて――」
………いや。
いやいやいや、
いやいやいやいやいやいや!!
――どうみても乱暴者じゃんよ……!
『筋肉の戦士たち《マッチョファイターズ》』だぞ?
え？　そんなクラン名をまじめに考える人たちだよ?!
――しかも、舌にタトゥー入れてましたよ、全員。
見た？
見たよね?!　「お前の母ちゃんのピ――――」って書いてましたよ!!
もう、柄悪いどころじゃねぇっつ――の……。

「ホントにごめんよ……。まさか、体張ってまで守ってくれるなんて思わなくて……ショタコン？　なのに」

「ち……。可愛《かわい》い義妹に、女の子は全力で守れって言われてるもんでね」

あーいてぇ。

「…………って、俺はショタコンじゃねぇ!!」

「お、女の子かー……てへへ」

てへへ、じゃねーよ。…………ったく、ちょっと可愛いじゃねーか、ド畜生！

「ふん。これが男ってもんよ――」

何とか体を起こし、路地の壁にもたれるクラウス。

ちょっとカッコイイな、俺。

「ううぅ……。そのわりには最初、知らんぷりしてたけど、ううう、ありがとー、ごめんよー」

う、うるせー!!

巻き込まれたくなかったんだっつの!!

しくしく泣きだしたメリムを見て、なんとなくリズとダブって見えたので、ポンポンと頭を軽く撫《な》でてやる。

「ま、無事でよかったじゃねーか？　事情はよく知らんが、危ない連中とつるむなよ――」

さすがに、女の子が殴られるのを座して見られるほど人間捨ててはいないつもりだ。

もし、メリムが女の子だと連中にバレていれば、もっと酷《ひど》い目にあったかもしれないしな……。

よっこらせっと、起き上がるクラウス。

全身バッキボキだけど、ジッとしていてもしょうがない。

「あ、いでででで……！」

こりゃダメだ。

高級《ハイ》ポーションも持っていかれちまったしな。

はぁ、散々な目にあった。

今日はもう、家に帰ろう。そして、当分ここには来ない――――。

べ、別に『筋肉の戦士たち《マッチョファイターズ》』が怖いんじゃないんだからね?!

ほ、ほらぁ、ここって、効率悪いじゃーん?!

そーじゃ――ん！

「……ホントゴメン。ぼ、わ、私にできることなら――なんでもするから！」

「ほぅッ……？」

ふむ…………。

「なんでも――？」

「う、あ、うん！　なんでもする！」

ほほう。

じ―――っと、メリムの全身を見るクラウス。

「う……！　なんか、エッチなことはだめだぞ！」

あ…………?!

何言ってんのコイツ?!

誰が……。

誰が――――……！

……………………誰がするか!!

「誰がするかッ!!　―――誰・が・す・る・かぁぁぁ!!」

誰がするかッつ―――の!!!

しねぇよ!!

しねぇっつ―――の!!

つーか、死ねぇぇえええ!!

「俺はロリコンじゃねぇぇえ!!」

もちろん、ショタコンでもねぇぇぇええ!!

「うぅ！　そんな力いっぱい否定しなくてもぉぉお。僕だって結構あるんだぞ！」

知ってる。

知ってるけどぉぉおお――――！

「……ブチ殺すぞクソガキ!!」

「ひぇ！　僕なんかやっちゃいました?!」

そーいう、セリフはぁっぁあああ!!

「勘違い勇者になってから言えぇぇぇ！　マジで、やったろうかクソガキぃぃいいい！」

剝《む》くぞ!!　その服ビリビリにしたろかぃ!!

「ご、ごご、ごめーん！」

ったく……。

「なんでもするなら、悪いけどよ。…………家に帰るから、肩を貸してくれ。お前チッコイからさついかもしれんが、……ちょっと動けそうにないんだよ」

あと、ハンカチ貸して……。

ちょっと、マジで鼻血がすごいの。

「ゲホ、ゲホッ」

マジでボコボコに殴られた……。

主に、クラウスが、全身まんべんなく。

「う、わかった！　ちょっと待ってろ」

んしょ、んしょ、とメリムがクラウスの脇の下に自分の肩を入れる。

「お、おも……！」

「頑張ってくれ……マジで動けん」

うんうん、唸《うな》りながらメリムがクラウスを引《ひ》き摺《ず》っていく。

「……それにしても、なんであんな連中と？」

「え？　あ――その、」

モジモジとするメリム。

「あ、あのさ。あの後でさ……。け、結構いろんなとこからスカウトが来て……」

うん？　あの後⁇

あ、

…………あー中級試験の後か！

「……そのぉ、どっかで聞きつけたのか。ユニークスキル持ちってのは伝わっちゃって……そ、その、」

あー……。

それは多分、ミカ・キサラギのしわざだな。

「はは～ん、大手ギルドやクラン、騎士団からスカウトが来たんだろ？」

「う、うん……。中級になってからいっぱい来た。びっくりした……」

は！　スカウトねぇ……。

そういや、会場に何人かスカウトの連中がいたな。

それとわからないように顔は隠してたけど、クラウスが見間違うはずもない。なにせ、以前クラウスを熱烈に勧誘していた連中だ。

騎士団やら大手のギルドやらクランやら、傭兵《ようへい》団とか多数のスカウトが、ね。

中級試験中に才能を見せる連中も稀《まれ》にいるから、それを見越していたのだろう。

なるほど。なるほど……。

メリム——コイツはユニークスキルの重要性をわかっていなかったんだろう。

「でも、なんでだろ？　す、すぐ解雇されちゃって——」

ボソボソ、もじもじと顔を赤くして俯《うつむ》くメリム。

「…………だろうなー」

無礼で喧嘩《けんか》っ早《ばや》くて、生意気。

そして、世間知らずときたもんだ——。

俺でも、ぶん殴りたくなるもん。

…………まぁでも、これでわかった。

「……で、最近はスカウトの声もなくなってきたところに、ガラの悪い連中——さっきみたいな奴《やつ》らから声をかけられたってところか」

そんで、ホイホイついて行ったと。

「な、なんでそれを‼」

わからいでかッ。

「――……そんでもって、報酬で折り合いがつかなくなって喧嘩したと」

「く、クラウスお前!!　まさか――……!」ポイす。

ぐぇ……!!

クラウスを放り捨てると、ガバリと自分の身体《からだ》を抱きしめるメリム。

まるで、『陰謀に嵌《は》めようとしている……?　ハッ、まさか全部クラウスの差し金だったのかー』みたいな顔をしてるけど――。

……んなわけあるかッッ!!

「いててて……メリム!　てめぇ!!」

「ひっ。近づかないで!　わ、わた――僕をどうするつもり!?　はっ、まさか、狭いところに連れ込んで、路地裏であんなことやこんなことを―――」

勝手に妄想して、顔を赤らめるメリム。

こ、コイツ……!

「あ――の――な――」

路地裏に連れ込まれたのは、俺だっつーの!!

狭いところに連れ込まれて、ボッコボコにされました――――!!

………主に、お前のせいでなー!!

「ひぃ、大きな声を出してナニするつもりぃぃい!!」

「何もしねぇ!!　ナ・ニ・も・し・ねぇぇえ!　つ――――か、死ねぇぇぇえ!!!」

　クラウスさん、とっても激怒してますよ。

「だ、だって、まるで見てきたみたいに僕の状況を当ててるじゃないか!」

「わからいでかッ?!　――見んでも、聞かんでも、わかるわ!!」

　ほんとコイツは……。

「だって、さっき、ショタコンだって言われてたし――」

　ショタ……。

「――ぶっ殺すぞ、てめっぇええええ!!」

　つーか、お前一応、女だろうが!!

　ショタコン関係ねぇぇええ!!

「………あー、叫んだら余計に痛い」

　高級《ハイ》ポーションも金と一緒に奪われてしまってほぼ文無しだ。

　武器だけは冒険者どうしということもあってお目こぼしされたようだけどね……。

「うぅ……。クラウス、ほんとにごめんよ」

「そう思ってんなら、頼むから巻き込まないでくれ……」

　幸い取られた金も、今の稼ぎで言えばそこまでの大金でもない。

また稼げばいいだけ。

「今日のことは、貸しひとつだぞ。ったく、おーいてぇ」

命は助かったとはいえ、こんなことにしょっちゅう巻き込まれてたら命がいくつあっても足りない。

……もう二度とごめんだ。

「………な、なぁ、クラウス」

メリムをほっておいて、さっさと行こうとしたのだが、そこで思いがけずメリムが正面に回り込んでクラウスの袖を摑《つか》んだ。

「なんだよ、金ならねーぞ」

主に、お前のせいで。

「ち、ちが！　そ、そうじゃなくて……」

バツが悪そうにしているメリムだったが、意を決したように顔を上げると言った。

「ぱ、パーティ組んでくれよ‼」

「断る」

………は？

寝言は寝て言え。

「ほんと！　ありがと――――って、はや‼　しかも断るぅ？　即決即断⁉」

……いや、断るだろ。

むしろ、なんで断られないと思ったん？

「……いやさー。ほら、そもそもなんで、お前とパーティ組まにゃならんのよ？」

「いや、だってほら——こういう時ってそーいう流れじゃないか？」

知らんわ。

なんだよ、そーいう流れって……。

「つーか、お前のせいで今日は散々だったんだぞ。むしろなんで組んでもらえると思ったのか——こっちが聞きたいわッ」

ほんま、どんな流れだよ……。

むしろ断る流れだろ？

なんか、マジでコイツの育った環境が見てみたくなってきたわッ！

「な、なー……頼むよぉ！　お前に断られたら、もうあてないんだってばー」

「知らん。自業自得だ」

クラウスの腰にがっしりと掴まり、怪我人《けがにん》にズルズルと引きずられるメリム。

「たーのーむーよー……！」

しつけぇ‼

……つーか。俺、負傷してるんだけど⁉

主にお前のせいで!!

「じゃー。ソロで行けよ。ソロ。いけるいける。可愛い可愛い」

「無理ぃ!!　ソロは無理ぃ!!　僕、可愛いけど、無理ぃ」

………僕、可愛いとか――自分で言うなぃ!

ただのジョークを真に受けるなクソガキぃ!!

ズール、ズル。

「たーのーむーよー!」

「だー、もう放せッ!!」

「なぁ、頼むよぉ、クラウスぅ!　どーせボッチなんだろ?」

ボッチで悪かったな!

「なぁ、なぁ!　なぁってば、よぉ!　ほら、一緒に寝た仲じゃねーかよぉー」

ズール、ズ――………!

「誤解を招く言い方すな――――!」

カカァッ!!

「ひぇ!」

べりっとメリムを剝がして投げ捨てる。

「もう知らん!!　いい加減にしろッ!」

「わ、悪かったって……！　ホント、ゴメンー」

さすがに言い過ぎたと思ったのかシュンと縮こまるメリム。

クラウスも女の子相手に乱暴過ぎたかと、少し反省。……少しだけ、ね。

「……ったく。お前も知ってるだろ？　俺のユニークスキルを間近で見たんなら、色々とよ」

「う……うん。なんか、すごかった」

メリムの目にあの時のクラウスがどう見えていたかは不明だが、彼女は狩場や、地下墓所《カタコンベ》でクラウスを間近で見ていた数少ない人間だ。

「なら、わかるだろ？　……物理的に無理なんだよ――」

……そうだ。クラウスのユニークスキルはパーティを組むのに向いていない。

このスキルは、どう考えてもソロ推奨のスキルだと思う。

だから…………………クラウスはパーティを組まない。

組めない。

――もう、組みたくない。

「うー…………。ぼ、僕は諦めないからなッ！」

諦めろや。

「へーへー。勝手に言ってろ」

「言う！　言い続けるぞー！」

まったく、コイツも折れないねぇー。

ハッキリ言ってやるか……。

あーもぅ、面倒くさい！

「あのなぁ。俺は誰ともパーティは組まないし、面倒も見ないッ！　それが俺の流儀だ」

「うぅー……！　く、クラウスぅぅ……」

ギュッと服の裾を掴まれるが、バッ！　と、振り払う。

それで、本格的にしょんぼりしてしまったメリム。

はぁ……。

「……肩貸してくれてありがとよ、だいぶマシになった――じゃあ、元気でな……」

だが、ここで甘い顔をするわけにはいかない。一度でも甘い顔をするとつけあがっ――――

……ッ！

ふと何かを思い出したクラウス。

ぺぺぺぺぺ！　と、自らの体をまさぐり、お金を探るも――。

あが、
あがが……。

「くっ――」

ガックリと項垂《うなだ》れるクラウス。

……やっべ——。

忘れてたよ…………あのことを。

こ、ここは恥を忍んで……。

「…………………め、メリムちゃ～ん」

ギギギギギギ……。

油の切れた人形のように首を振るクラウス。

「なぁ、そのぉー……。物は相談なんだけど、よ」

そして、突然のネコナデ声で、

甘～《あまー》い顔をするクラウス。

「……な、なに？　え？　なに？　え？」

ニコニコニコ。

「な、なんだよ？　急に。き、気持ち悪い……。あ！　もしかして僕の魅力に——」

「それはない。一ミリもない！」

「そ、そんな力いっぱい言わなくてもぉ‼　——じゃぁ、なんなんだよ！」

「か、」

「か？　か、か……あ、やっぱり——可愛いってことに⁉」

「——帰りの転移ゲート代、貸してぇぇええ…………」

そうしてこうして、ボロボロになったクラウスは何とか転移ゲートにたどり着き、メリムに金を借りて家に帰るのだった。

※　その頃、『特別な絆《スペシャルフォース》』のレベリング実行部隊　※

ゴォォォォオオオオ………。

鋭い風が吹き抜ける断崖の下。

そこに作られた粗末なキャンプ地に複数の男女の姿があった。

「どうだ？」

「あ、うん……。うまく行っていると思う」

上級の狩場『空を覆う影の谷』にて、

ここはカッシュ財団が所有する生きた魔石鉱山のひとつ。
普段は、財団所属のベテランの傭兵と専属契約を結んだ冒険者がリポップポイントを押さえて、魔物を狩り――ひたすら魔石を入手している場所だ。
その麓の、中級の狩場『赤く錆《さ》びた街道』と同様に、
普段は一部だけ一般の冒険者にも開放されている場所でもある。

だが、今は完全にカッシュ財団により封鎖され、カッシュ財団の御曹司であり、『特別な絆《スペシャルフォース》』のリーダーでもあるゲインがここを支配していた。

「――……思う。だと？　思うでは困る。うまくやれ」

「う、うん！　あ、はい!!」

背筋を伸ばしたミカが、ビクビクとしながらゲインに受け答えする。

すでに、この場にはゲインの息のかかったものだけしかおらず、一般の冒険者はタダの一人もいない。

「よし。……なら、あとどのくらいだ？」

「い、今までの傾向からすれば――あと、1～3日程度だと思う」

ミカは緊張した面持ちで答える。

彼女の周囲には魔物の死体が転がっており、さらに奥の方から傭兵や冒険者が新たなそれらを運びつつある。

「チッ。まだそれくらいかかるか……金食い虫め。魔石もソロソロ限界なんだが、それを押してもやる価値がある。俺たちのレベルを一気に上げるにはアイツを倒すしかないんだよ」

クイッ。ゲインが顎をしゃくる先。

そこには切り立った断崖があり、岩壁をくりぬいた先に巨大な巣のようなものがある。

「ここのボス――ワイバーンか……。俺たちのレベリングのため、さらに格上の魔物を人工的に作るため、強制的に魔物のレベリングをする——つまりやつを進化させて狩れば、超上級の魔物を狩るのと同じだけの経験値が手に入り、うまくすれば超巨大な魔石が手に入るはずだ」

「そ、そうだね……」

岩壁の上で、尻尾だけがゆらゆらと蠢《うごめ》くワイバーンを見てミカの顔が青ざめる。

「はっ！　ビビってんじゃねーよ」

「そーよ、みんなの力を合わせればどんな魔物だって楽勝よ」

グレンとチェイルが、ビクビクしているミカを揶揄《やゆ》している。

どうやら先日の一件以来、力関係——ヒエラルキーに変化があったらしい。

ミカは引き続き幹部ではあったが、その中では、すでに一番の下っ端扱いに成り下がっていた。

「よせ。ミカはよくやっている——そうだよな」

「は、はい！　——さ、さぁさ起きなさい、私《ワタクシ》の可愛いお人形ちゃんたち！」

そうして、ユニークスキルの【生命付与《ライフオブライブ》】を施し、積み上げられた魔物を操るミカ。

それらを傀儡《かいらい》化すると、
そのまま歩かせて、あるいは飛ばせて、ワイバーンの巣へ向かわせる。

………餌をやっているのだ。

これはミカの使えるユニークスキルの応用技。

普段はあまり共食いをしない魔物も、ユニークスキルを通しているためか、ミカの傀儡を敵と認識して攻撃し、食らう。

　そして、レベルが上がり――進化するのだ。

「ったく、大飯《おおい》食らいのボスめ……」

「いっそ、ワイバーンをさっさと狩った方がいいんじゃないのか？」

　何気ない、グレンの口にゲインが肩をすくめる。

「無駄だよ。ここいらの魔物をいくら狩っても俺たちは頭打ちなんだよ――。わかるか？　随分この辺の狩場で楽に魔石を入手し、魔物を狩っているが…………もう長い間レベルアップしていない」

　そうだろ？

　と、目線でグレンたちに言う。

「た、確かに……随分とレベルアップの速度は鈍化してきたが、それはすでに頂点に達したからじゃないのか？」

「ハハッ！　馬鹿を言うな。お前は今、何レベルだ？」

「俺か？　……120レベルだな」

「あぁ、そうだ。チェイルは118レベル。ミカも117レベル。俺は125レベルだ」

　全員の力量を把握しているゲインは言う。

「…………その117レベルの誰かさんが、カスユニークスキルの下級冒険者に負けたんだぞ？

――これが頂点か？　あ?!」

ギロリ、とミカを含むグレンたちを睨《にら》むゲイン。

ミカは縮こまり、グレンも顔を青ざめさせる。

「…………お前たちのユニークスキルのランクはいくつだ？」

「「「え、えっと……」」」

ゲイン・カッシュ：【時空操作《タイマー》】
Lv1『時間停止《タイム》』
Lv2『世界時計《ワールドタイム》』
Lv3『時間隔離《エスケイプ》』
Lv4『時間加速《ヘイスト》』
Lv5『時空歪曲《タイムリープ》』
Lv6『？？？？？？』

グレン・ボグホーズ：【原子変換《アトミックチェンジ》】
Lv1『原子破壊』
Lv2『原子分裂』
Lv3『原子再構築』

Lv4『原子変換』
Lv5『原子再生』
Lv6『？？？？？？』

チェイル・カーマイン：【天候操作《オテンキねえさん》】
Lv1『晴天招来』
Lv2『荒天霹靂《へきれき》』
Lv3『高低管理』
Lv4『湿度調整』
Lv5『気圧操作』
Lv6『？？？？？？』

ミカ・キサラギ：【生命付与《ライフオブライブ》】
Lv1『無機物操作』
Lv2『死体傀儡化』
Lv3『腫瘍暴走』
Lv4『人格生成』

Lv５『成長加速』
Lv６『？？？？？？』

「――みろ、まだ全員がユニークスキルのランクが５で止まっている。それで頂点だと？」

「だ、だけどよ……。これ以上、上げるにはどーすんだよ！　魔石からの吸収にも限界があるってことだろ？」

グレンは頭をバリバリ掻《か》きながら唸る。

「だからだ！　……だから、上級の魔物のさらに上をいく――超上級の魔物を倒すんだよ。そして、一気に限界を超えようじゃないか。………これは、ね。ミカが地下墓所で遭遇したグールから着想を得たのさ」

確かに、あの地下墓所のグールは上級を遥《はる》かに凌《しの》ぐ強力な魔物であった。

少なくとも、１１７レベルのミカが敗走を余儀なくされるくらいには……。

それが、地下墓所の閉鎖空間に生息する、仲間のグールを共食いしまくった最恐のグール。

『デモンズグール』と呼ばれる超上級のモンスター。討伐には並のＳランク以上の実力が必要になると予想される個体。

つまり、レベリングで強化しただけのゲインたちでは太刀打ちできない魔物だ。……それだけに討伐時の経験値は多いはず。

「つまり…………だ」

力を蓄えて進化した魔物は上級よりもさらに強い魔物になるということ。

だから、あれに匹敵する魔物を人工的に生み出すのだ。

その近道として、こちらから餌を与えて強制的に進化させることを思いついたのだ。

魔物の身体には魔素が含まれており、人間なら倒すか魔石を砕くことでそれを得るが、魔物は肉を食らうことで無駄なく魔素を吸収しているらしい。

その経験値の吸収効率は人間のそれを遥かに凌ぐ。

……ゆえに、魔物を狩り、その死体を傀儡化してワイバーンの巣まで運んでいるのだ。

「わかるか?!　超上級の魔物を狩れば、俺たちはまだまだ強くなる！　クラウスごときに敗走しているようではいつまでたっても二流のままだ！」

「お、おう……。わかった、わかった。わかったよ」

「くくく……。クラウスめ、ちょっとばかり強くなったか知らないが——俺たちの顔に泥を塗ったことを後悔させてやる」

くくく。

ふははははは。

あ——っはっはっはっはっはっは!!

「「「…………………」」」

一人高笑いするゲインを不安そうに見守るグレンたち。

その眼下では、
ゾロゾロと、列をなしてワイバーンの巣に自ら向かう、傀儡化された魔物の死体――。

ギィェェェエエエエエンン!!

そうして、矮小《わいしょう》なる人間の思惑など知らずに、断崖の下から延々と巣に送られ続ける魔物を鬱陶しそうに薙《な》ぎ払《はら》いながらも、モリモリと食らい続けるワイバーンがいた。

彼または彼女《上級狩場のワイバーン》が急成長を遂げ――厄災となって襲い掛かるのは、あと数日後のこと……。

第６話「シスコンとブラコン」

キュィィイッィィイイイン…………シュゴ――――!!

微《かす》かな耳鳴りの後、転移ゲートを置いている部屋が七色に輝き、光が収まった時には、魔光石の照明の灯《とも》る一室にいた。

「つ、ついた?」

「おう」

ぷしゅ――――…………。

濛々《もうもう》とした白煙が消えると、見覚えのある空間。

ここは辺境の町の冒険者ギルド転移ゲート到着魔法陣だ。

「つーか、なんで目ぇ瞑《つぶ》ってんだよ？　体が半分になるぞ？」

「は、半分?!　ひぇぇぇ?!」

ハシッ！としがみつくメリムを引きはがしながら呆《あき》れたように言うクラウス。

「だ、だって、転移する瞬間怖いじゃん！」

「なにがだよ？　俺は半分になる方が怖い」

「だ、だから半分ってなんだよ!?」

メリムが必死でしがみつこうとするので、ゲシゲシと蹴りはがす。

「……おやおや？　なんや騒がしいと思えば、クラウスやんけ？　相変わらず独り言かいな？」

「あ、どうもッ」

転移ゲートを管理しているギルド職員の女性がクラウスに気付くと、挨拶を交わしてくれた。

「なんや？　すんごいボロボロやんけ？　しかも、エライ疲れた顔しとんな？　……なんぞあったんやな？　今日は早めに帰りや」

「う～っす。そうします」「は──い」

優しく気遣ってくれる職員に涙が出そう。

って……なんだよ、相変わらず独り言って！　俺、そんなに独り言いってねーからな‼

「いや、結構言ってるぞ？」

「せやせや……ん？」

てふてふてふ
言われた通りまっすぐ帰るクラウスであったが……。

「ちょ、ちょ、ちょ！　だ、だだだ、誰やそれ⁉」

「え？　あ、お？　あー……これは、メリムっていう、クソガキです──ほれ、挨拶しろッ」

「はい、クソガキで──……って、誰がクソガキだよ‼」

オメェだよ……。

「ぶー！　メリムでッす。えっと、クラウスの仲間で——」

「——仲間じゃねぇ」

間髪入れず否定。

「ぶー……！」

「いちいち、ぶー垂れるなよ」

メリムの頭をグリグリと撫《な》でくりまわしながら。

「……えっと、まぁその…………。ちょっと知り合いですよ。しばらくこっちに拠点移す、ってことで連れてきました——」

ぶー垂れた顔のメリムの頭を無理やり下げさせる。

「ほれ、ちゃんと頭下げろッ、挨拶、挨拶」

「こ、今後ともよろしくお願いします」

コイツ《メリム》もここのギルドに顔を出したことはあるが、この転移ゲートの職員とはあまり面識がない様子。

「ほ、ほうか……。おう……。よ、よろしゅうなー」

「はーい」

ポカーンとして職員の前を通り過ぎるクラウス。

別に入国審査があるわけでもないので、とやかく言われる筋合いもないんだけど……。

「…………え゙え゙え゙ぇぇー?!　は、『はーい』て……。く、クラウスが友達連れとるぅぅうう??」

メギャアアアアアン！

なにやら腰を抜かしているギルド職員。

（……え、なんで?）

背後で、すっごい失礼なことを言われたような気がするんですけど……。

「どうした、クラウス?」

「な、なんでも——なんでもないよ。ち、ちょっと、俺の評価に目頭が熱くなっちゃって……」

あと、心が寒いよー。

ちょっと、「スンッ……」ってしちゃうクラウスであった。

確かに友達いないけどさ……。

いないけどさー！

ともあれ、本気で疲れていたのでまっすぐに家に帰ったクラウス————……。

街中を通り抜け、寄り道することなく、

数日ぶりの愛《いと》しきＭＹシスターの待つ家に、

そうとも、友達がいなくとも、クラウスにはリズがいるもん！

ガチャ

「ただいまー……リズ——お兄ちゃんが帰ったぞー！」

だから慰めておくれよ、ＭＹシスター！

そうして、満面の笑みでリズがクラウスを出迎えてくれる――。

「あ、お帰りッ！　お兄ぃ…………ちゃぁ？」

――はずだった……。

……ちゃぁ？

「あ、どーも。メリムです。よろしくお願いしまーす」

ペコッ。

つむじが見えるくらいきれいにお辞儀をしたメリム。

それを見て、
あ、ちゃんと、そーいうことできるのね？　偉い偉い。――と、ちょっと感心したクラウスであったが……。

「ひッ……」

カラーン……と、リズがオタマを取り落とす。

　　カラン、カラン
　　　カララン、カラ～ン
どうやら夕食を作っている最中だったらしいが……。

「お、お兄、ちゃん⁉」

真っ青な顔のリズ。

それはまるで、化け物にでも遭遇したかのようで――。

「ど、どどど、どうした、リズ？　何があった?!」

「そ、それ……。それ――」

それ？

プルプル震えるリズが指さす先――…………メリム？

……あ。

それか。

「あ、あー。コイツはちょっとした知り合いの、メリムってガキだ。わけあって、しばらく泊めることになったんだが……」

「なッ?!」

めっちゃ驚いた顔のリズ。

ちょっと、お目めデカ過ぎ…………。

「な、ななな、なななな――」

「……いや、たいしたことじゃないぞ。ちょっと、転移ゲートを二人分使ったら、有り金が尽きちまってさ。貸してもらった俺が言うのもなんだけど……。まぁ、宿もないって言うから、ほんの数日だけ――」

「お、おおおお、」

「……お？」

お、おお――。……って、リズ？　顔真っ赤だぞ？　だ、大丈夫か⁉

「……おい、聞いてるか、リズ？　おーい！」

「なんだ？　なんだ⁉　だ、大丈夫なのか？」

心配そうな顔のクラウスとメリム。

だが、リズはブルブル震えて…………。

あろうことか――――。

「お兄ちゃんが、男を連れ込んだ――――――――――‼」

ぎゃあぁぁぁぁああ――――――――‼

リズの悲鳴がうららかな夕暮れに響き渡った。

※　※

「ぶはっ」

ズルリと、スっ転ぶクラウス。

……って、なんでそーなるねん⁈

「落ち着けリズ!!」

「お、落ち着かない！　おお、落ち着けないよ!!　おおお、お兄ちゃんが男に、奔《はし》った――――！」

ちょ、ちょ、ちょ、ちょ?!

な、ななな、なに？

「な、何言ってんだリズ？　大丈夫か、お前?!」

「大丈夫じゃない?!　大丈夫じゃないよー!?　大丈夫に見える?!」

うんうん。見ればわかるッ！　全然、大丈夫じゃないよね!!

「ど、どどどど、どういうこと?!　なんあななな、何があったのお兄ちゃん?!」

――いや、お前こそ何があった?!

「やばいやばい！　お兄ちゃん!!　お兄ちゃんがヤヴァ――イ!!」

あうあうあうあうあうあー！

お、落ち着け！　色々落ち着け!!　リズ！

駄目だ！　色々駄目だ!!

もうそれ以上は――――――！

「……どーしたん？　クラウス、こいつ大丈夫か？　それとも、ぼ、僕がまたなんか変なこと言った？」

やばい、リズが壊れた!!

かくなるうえは――――。

「テェエェイ!!」

チヨップ《実力行使》！

「はぶぁ!!」

そろそろ、義妹が嫁に出せない痛い子になるとこだったので、がっつり実力行使《愛の鞭》。

「と、とりあえずメリムはそこで待っててくれ――――落ち着け、リズ。コイツはだな――」

「殴ったわね!?　お父さんにもぶたれたことないのにぃぃいいい!!」

…………………っていうか、

「普通そっちぃいいい？　ふつうは、さ。こーゆー時は友達って思うやろ?!」

「だって、お兄ちゃん、友達いないじゃん!!」きっぱり

ぐっさぁぁぁ……。

（……おっふ）

いったいわー……。痛い痛い、すごく痛い。

「効くわー……。リズさん、今のは効くわー……」

そこだけ、ハッキリ言うなー……。

ハッキリ言うねー……。

「いないけどさー。友達いないけどさ――――!!」

リズた――ん!!!

お兄ちゃん、グッッッサリ来たわー……。

友達いないよ?

確かに、友達いないけどさー……。

いーなー――い――けどぉぉぉおお!!

「………大丈夫か? お前の妹? あとお前も――」

呆れた顔のメリムに、

「「シャー――ラップ《黙れええええ》!」」

「ひぃ?!」

ビシィ!! と息の合った指さし直撃にメリムが飛び上がる。

「な、仲いいな? お前ら兄妹《きょうだい》――……」

「「あたりまえだ」です」

というわけで、
かくかくしかじか………。

「あー、まぁそんなとこだ。――その、なんだ……。ちょっと色々あってな……。金を稼ぐ間だけ、しばらく家に住まわせることになった――あー、ほんとしばらくだけな」

「えッ」

すっごい嫌そうな声。

「お兄ちゃんと、アタシの家に?!」

「頼むよ、しばらくだけだから……」

「ぶー……わかったわよー」

「あ、ありがとう、リズ。さっそくで悪いけど、部屋を用意してやってくれ。空き部屋でいいから」

「はーい」

渋々頷《うなず》くリズをあやしつつ、気になったことを一つ。

「な、なぁ…………。ちなみにだけど、リズさん……。俺が男じゃなく、女の子連れて来たら――どーする？」

「え？　○すけど？」即答
ピ――――――♪

「…………え？　即答？　しかも、ゴメン。なんつった？　なんか、自主制限《ピーーーーー》掛かって聞こえなかったけど……」

こ、コロ――――？

コロ何とか…………。

「コロスよ？　殺しますけど、それが何か？」

それが何かじゃねー――!!

怖ッ!!

この子、怖ッ!!

「……殺すの⁈　え？　お兄ちゃんが女の子連れて来たら、殺すのぉぉぉお⁈」

え？　まじ？

どっちを⁈

「――どっちを殺すの？」……あ、聞いちゃった。

「え？　両方。そして、アタシも死ぬ」

両方ぅうぉぉおおお⁉

俺も殺されるの⁈　そして、リズちゃんも死んじゃうのぉぉおお⁈

……重いッッ!!

リズちゃん、重い!!

めっちゃ重――――――い!!

すっごい据わった目つきで言うものだから、クラウスはメリム滞在中は、彼女が女であるということは隠そうと固く決意するのだった。

「じゃ、じゃあ、改めて――コイツは、メリム。で、こっちは、」

「リズです。リズ・ウォルドルフです――メリムさん、だっけ？　歓迎はしないけど、ようこそ」

ぶっすー。と、ふくれっ面でド直球なリズ。

メリムも苦笑いだ。

「う、うん……。よろしく」

お互いぎこちなく握手し、リズを先頭に3人はようやく家の中へ。

その時、メリムがクラウスの耳に口を寄せると、

「な、なんか、なんか歓迎されてないみたいだけど……」

それどころじゃねぇよ！

歓迎どころか、カンカンだよ！　吶喊《とっかん》・迎撃《げいげき》だよッ！

――そして、チャージ《吶喊》&インターセプト《迎撃》だよ!!

「うん……。見ての通りだ。うちの義妹はかなりアレなんだ。だから、いいか？　悪いけど、この家にいる間は、お前は男ってことにしよう」

「はぁ?!　なんで??　男ぉ?!　い、意味わかんねーよ！」

「いいから!!」

バレたら二人とも亡き者にされてしまうんやで？

リズはやると言ったらやる《殺す》女だ……。

――ナメたらあきまへんで。

「わ、わかったよ………」

四の五の言わせずメリムを頷かせると、
珍しそうにキョロキョロとするメリムを、後ろから押し込むようにして家に入れる。

「おおー。け、結構大きい家なんだな？」

「ん？　そうか？　一般的だと思うぞ」

「いや、え？　あ、そうなん⁇」

メリムは物珍しそうにあちこちに目を向けている。

そんな珍しいものもない普通の家なんだけどね……。

そして、玄関を抜ければすぐ、リビング兼食卓だ。

「じゃー座って。歓迎はしないけど、お風呂の準備しとくから。二人でご飯食べてていーよ」

お風呂という名の行水と、メリムの分の食事まで準備してくれるらしいリズ。……素直なイイコ。

「おう。ありがと――リズは？」

リズは顔を出した時オタマを持っていた。つまり、まだ調理中だったことに――……？

「ん？　食べたよ。今は、夜の仕込み。お昼はとっくに食べたけど、お兄ちゃんたちは、まだでしょ」

「そーなんだよ、助かるリズ。――メリム。前も食《く》っただろうが、改めてウチのリズの料理は絶品だぜぇ。絶対気に入る」

ドヤ顔のクラウスに、

「きゃ〜！　お嫁にしたいくらい美味《おい》しいだなんて――――お兄ちゃん。言い過ぎだよ」

「…………そこまでは言ってない」

もうー！　と一人で照れながら、カチャカチャと手早く配膳。

「はい、召し上がれ――。パンは人数分しか焼いてなかったから半分コしてね」

「おう、じゃー……メリム。ほらッ」

「あ、ありがとう！　えっと……」

「リズでいいよ」

メリムがポリポリと頬を掻《か》きつつ、

「あ、ありがと……。リズ、さん」

「リズでいいってばー」

「あ、うん。ど、どーも」

恥ずかしそうにバンダナで顔を隠しながらお礼を言うメリム。

「うんうん」と、その様子をホッコリと眺めるクラウス。

女の子が二人いると家が華やぐなー……としみじみ。もっともバレたら死の華が咲くわけで――。……ブルブル、今は考えるな！

「…………お、メニューは、塩漬けキャベツ《ザワークラウト》と芋のサラダ、ベーコンとシロ菜《白菜っぽい野菜》のスープ――」

「うん。あとは、お魚の煮凝《にこご》りと、リーキのグリルだよ」

ポンポンと軽めに並べていくが、どれもこれも手が掛かっているのがわかる。

メインディッシュの魚の煮凝りは、薄い茶色が美しい色どりとなり、サラダとリーキの緑色が目に優しい。

ベーコンとシロ菜のスープは、よい香りを運んできて食欲をそそる――。

うん。

「「いただきま――す！」」

メリムと半分に分けたパンをスープに浸してパクリ。

旨《うつま》ッ……！

「く、クラウス！　サラダうんめぇ!!」

「だろ?!　リズの飯はスゲーんだ」

うんうんうん!!

コクコク頷きながらメリムが飯をかっこんでいる。

「ふふ……！　おだてても何もでないよー」

そのわりには嬉《うれ》しそうにしているリズ。

もし尻尾があればブンブン振っていることだろう。

クラウスたちの世話を焼きつつ、風呂用のお湯を沸かしている。家事は本当に得意なのだ。

「これ、何の魚？　味が深いなー……」

「お、わかってるじゃねーか。魚もそうだが、調味料が特殊らしくてな――何でも豆から作るソースを使ってるんだと」

これは最近リズが市場で買いそろえてきたソースだ。

値段は目が飛び出るほど高かったらしいが、ここ最近のクラウスの稼ぎがいいので思い切って買ったのだとか。

「へー！　すげぇ！　僕、こんな美味しい料理久しぶりだよぉ！」

「はは！　そりゃよかった。しばらくは食わせてやれるぞ」

「――しばらくだけだからねッ！」

あ、はい。

ひょっこり顔を見せたリズ。

地獄耳やでぇ……。

リズはリズでしっかりと釘《くぎ》を刺すのも忘れていなかった。

……なんだかんだで、やはりクラウスとの静かな生活がリズの望みらしいけど――。

リズよ、それじゃ、いつまでたってもお嫁に行けないぞ？　とクラウスが生温かい目で見るうちに、食事があらかた片付いた。

「ぷひ――……ごっそさん」

「おう、よく食ったな――片づけはいいから、のんびりしてな。一応、お前は客だからな」

「そ、そんな悪いよ！　な、何か手伝う――」

慌てて立ち上がろうとしたメリムをリズがやんわりと押しとどめる。

「いいから、座ってて、勝手を知らない人がやるより、アタシがやった方が速いもの」

それを聞くと渋々席に戻るメリム。

クラウスはメリムの前に注いだ茶をくれてやる。もちろん自分の分も。

「あ、ども」

「ん」

ジュゾゾー…………ほっ。

あーおちつくわー。

「あ、そこにローブかけていいよ。重いし、暑いでしょ？」

「え？　あ、ありがと」

リズが気を使ってメリムのローブを受け取る。

うんうん、気遣いできるじゃん。リズはやっぱりいい子――――…………。

「あと、お湯沸かしといたから、体拭くなら洗濯所使う？　流石《さすが》に外で行水はアレだよね？」

「え、お風呂ないの?!」

あるわけねーだろ!!

どんな金持ちだ!!

つーか、行水がアレって……リズちゃんどういう意味？

俺いっつもやってますけど――。

「ごめんね。体拭くだけなら、スノコの上でできるからここ使って」

そういって、何だかんだで世話を焼いてくれるリズ。

メリムも素直に従って――――……。

ふ、風呂………………。

あ、やばい！

「リズ、メリム、待――」

このままでは、リズにメリムの性別がバレる――――と、クラウスが危惧した時、ピキ――ン！と頭に衝撃が走ったように、メリムが猛烈に振り返る!!

「く、クラウスっ、上だぁぁああああ!!」

メリムの叫びが家中に木霊《こだま》した。

第7話「危機来襲」

「く、クラウスっ、上だぁぁぁあああああ!!」

※　クラウス家にて、メリムの絶叫が響く少し前のこと――　※

同日、半日前の払暁《ふつぎょう》時にて――。

僻地《へきち》の町郊外、『空を覆う影の谷』の『特別な絆《スペシャルフォース》』野営地に異変がおこる……。

『――ギェェェエエエエエン!!』

ビリビリビリと、空気を震わせるほどの大声量。

上級ダンジョン『空を覆う影の谷』に、ワイバーンの叫びが響き渡った。

「お？　なんか、反応が今までと違うな？　……おい、ゲイン！」

「んんー？」

上級ダンジョンのボス――ワイバーンの巣を監視していたグレンが、仮眠を取っていたゲインをゆり起こす。

「起きろって――――ほら、聞けよ」

――ギェェェェエエエエエエンンンン!!

――ギェェェェエエエエエエンンンン!!

断続的に響くワイバーンの鳴き声。

そして、時折交ざる破砕音。

しかしそれは、今までのような欠伸《あくび》のごとき間延びした声ではなく、何か苦しみから逃れようとしている声にも聞こえた。

「…………確かに違うな」

「だろ？」

「ほかに変化は？」

「ん～……見たところ、巣が変形しているな」

カッシュ財団所有の高級単眼鏡で巣を眺めているグレン。

彼が言うには、ワイバーンの巣がある絶壁に亀裂が入っているそうだ。

そして、今にも崩壊しそうだと……。

「……貸せッ」

ゲインは仮設テントから這《は》い出《だ》すと、グレンから単眼鏡を受け取り、覗《のぞ》きこむ。

ピントを調整し、じっくりと夜明け前の薄い明かりを拾うようにして――。

「…………くくく」

突如、ニヤリと含み笑いをするゲイン。

彼の目には単眼鏡を通して、脱皮を始めたワイバーンの姿が映っていた。

その体軀《たいく》がみるみるうちに巨大化し、巣を圧迫しているのだ。

もはや、もとのワイバーンのそれではない——。

「…………ふふ。どうやらうまくいったようだな」

「お？　やっぱりあたりか？」

「あぁ、間違いない、ようやく進化したようだ——やつの体積が増えている。……ついでに首もな」

く、首?!

何を言っているんだとばかりに、グレンが眉をひそめたその時。

『ギェェェェエエエエエン!!』

ゴパァッァァァァァアン！

ついに巣の一部が崩壊し、バラバラと断崖を岩石が落下していく。

いくつかの巨大な塊が真下の冒険者のキャンプをつぶしてしまう。

だが、そんなことなど些事《さじ》だと言わんばかりに、ひと際甲高く鳴いたワイバーンが空に向かって炎を吐く。

キュバァッァァァァァアアアア!!

キュバァッァアアアアアアアア!!

「うわ！　なんだぁ⁉」

「ちぃ！　はしゃぎ過ぎだ、トカゲ野郎め……！」

真っ赤に燃える空。

かなり離れているのに、ムワッとした熱気がキャンプ地に押し寄せた。

「おいおい……。あれがドラゴンブレスだって？　なんて熱量の炎だよ……」

顔を顰《しか》めたグレンの顔が、炎《ブレス》の残照を受けて赤く染まる。

いや……。あれは炎《ブレス》なんて生易しいものじゃない。

上空の雲を焼き焦がす、恐ろしい熱量。

「くく……。ただのブレスじゃぁないな」

まさに、あれは焔《ほのお》……。

まるで地獄の熱線だ——……!!

「お、おいおい、大丈夫なのか？　ブレスだけでも、並のワイバーンとじゃ比較にもなんねーぞ？

し、しかも、首が二本に増えてるじゃねーか……。いや、そもそも——」

——わ、ワイバーンなのか、あれは⁈

グレンの呟《つぶや》きを聞いたゲインは「くくく」と小さく笑う。

……ワイバーンだと？

あれが、ワイバーンだぁ？

「はっはっは……！　まさかまさか、あんなものがワイバーンなものかよ」

……ワイバーンであってたまるか！

――ニヤリと笑うゲイン。

思惑通りにコトが進んでいるのだ、おかしくて仕方がない。

あとは、あれを狩るだけだ。

その頃には騒音に気付いた他のクランメンバーも目が覚め、仮設テントから這い出してきた。

「なによぉ、うるさいわねー。……まだ夜明け前じゃない――――……って、」

「んー？　まだ、寝てていい？　――――……うわぁ、」

チェイル、シャーロットも起きだすと、欠伸交じりに赤く染まる空を見る。

そこには熱線によってあぶられた雲を背景として、崩壊した巣から鎌首をもたげる黒い竜の姿が映し出されていた。

「な、なにあれ――！」

「お、ッきぃい……！」

チェイルは驚愕《きょうがく》し、
シャーロットは巨大なシルエットに目を輝かせる。

さらには異常事態に気付いたカッシュ財団の私兵部隊と、
ゲイン直属の高Lv冒険者――『赤い腕』のレインも緊張した面持ちで空を眺めていた。

彼女にしては珍しくジットリと汗をかき、口をわななかせている。

「なん、っだ……アレは?!」

もちろん、彼女が知らぬものを、それよりも若いメンバーが知るはずもない。

………いや、一人だけ知っているものがいる。

「お、おい。ゲイン。……ワイバーンじゃなかったら、なんだってんだよ？　た、ただの上級の魔物だろ？」

「はッ!!　笑わせるな、グレン!!　あれが上級の魔物だと?!」

くくくくくく………。

「見てわからないのか？」

「え、えーと……」

「そ、双頭竜？」

「ドラゴンだー」

グレン、チェイル、シャーロットがそれぞれに口を開くが、ゲインは笑い続けている。

「はっはっは！　違う違う！　上級の魔物ぉ？　双頭竜ぅぅ――ドラゴぉぉおン??　………んっんんんー???」

――チッチッチッ！

（……これだから、平民どもは学がなくてイヤだね――）

キザったらしく指を振ると言った。

「あれは厄災の芽」

「「「や、厄災⁉」」」

一斉に首をかしげるメンバーに満足気なゲイン。

それからたっぷり間をとると、ご高説を語り始めた。

「はははははは！　まったく、本当に知らないのかい？　かつて勇者が全力で戦い、必死の思いで滅ぼしたという化け物。……あれは、まさにそれだよッ！　それの卵……いや、種だな。――そうとも、あれこそが、かつて厄災と呼ばれ、王都を焼き尽くした伝説の魔物と、同じ竜種――」

そう…………。

かの有名な、勇者伝説のドラゴン退治に登場する――――。

「アークワイバーンだ‼」

『ギェェエエエエエエエエエン‼』

まるで、ゲインの名付けに感謝するようにひときわ高く鳴き声を上げたアークワイバーン。

フワリと、巨体を感じさせない動きで舞い上がると、やつはジロリとゲインがいる方を睥睨《へいげい》し、まるで「見えているぞ」と言わんばかりに首を巡らせた。……その2本の首を、だ。

「おっと……。まさか見えているわけではないよな？」

「さ、さすがに遠過ぎるだろうしな――それより、どうするんだ？」

アークワイバーンと目が合った気がしてグレンは冷や汗をかく。

他のメンバーも同様だ。

「どうする？　なにをだい？　…………ん？　まさか？　――はは！　グレン？　君は健忘症にでもなったのかい？」

「は？」

ゲインの挑発的な物言いにポカンと口を開ける。

――おいおい……。

「ホンキで言ってるのかぃ？　それとも、忘れたのか？　俺たちの目的を……」

……そう。

「忘れたのか？　俺たちの使命を……」

……そう。

「忘れたのか？　俺たちの強さを……」

目の焦点が合わず、狂気がぐるぐると渦巻くゲインの瞳。

その目線に引きつった顔のグレンがかろうじて答えた――。

「う、いや……その。わ、わかってる！　もちろん、忘れちゃいないさッ！」

……そう。

……そうだとも!!

忘れてもらっちゃぁあ！　困るッ！

「……グレン――それにみんな！　君たちにはあれは何に見える？」

両手を広げ芝居がかった仕草でメンバーに振り返るゲイン。

「え？　いや……ワイバーンの化け物だろ？」

「ここのボスモンスター？」

「トカゲ～」

てんで好き勝手に答える仲間たちにわざとらしくため息をつくゲインは、首を振りつつ、

「違う、違う、違う」

違うよ、違うよ、違うよ――――。

モンスター？

化け物？

ボス？

トカゲぇ?!

ははは――――……!!

「違～～～う――――……あれは、」

そう。

あれは――――――。

「――……あれは、経験値だッッ!!」

……莫大《ばくだい》で、

……膨大で、

途方もない経験値の塊だ!!

「そうとも。あれこそが、俺たちの輝かしい栄光への架け橋――――――！　俺たちの経験値であり、ただの肥やし!!」

伝説のドラゴン？

王都を焼いた厄災??

くくくくくくく…………!!

あ――――っはっはっはっはっはっはっは！

そんなものは、

「――俺たち、ユニークスキル所持者『特別な絆《スペシャルフォース》』の敵ではない!!」

いざ征《ゆ》かん、栄光への道を！

この国最強への座を――!!

すうう……。

「総員、抜刀ッ!!」

銀の光が奔《はし》り、ゲインが抜き放った刀身が、ブレスの残照にぬらりと光る。

「――さぁ、行こうッ!!　俺たちの経験値を食らいにッッ！」

行こう！　高みに――。

　行こう!!　最強の道を――。

　　行こう!!!　栄光を…………。

　　　「輝かしい未来に向かってッ！」

「お、おぅ！」

「「おぉぉおおぅ!!」」

一瞬、顔を見合わせるメンバー。

だが、ゲインの自信にあふれる顔に突き動かされるように、彼の意志と自分をシンクロさせるとこぶしを振り上げる！

「「「おぉぉおおおおおお!!」」」

総員の意志の統一。鉄のスピリット。

「――経験値をもらいに行くぞぉぉぉおおおおおお!!」

そして、最後に、

ゲインの熱に浮かされたようなご高説が終わりを告げた時――その人々の想い《狂気》と熱量《狂喜》が最高潮に

達す――――！

「「「うぉぉおお――――――……

『ギェェッェエェエエエエエエエエン‼』

だが、アークワイバーンがそれに答えを被《かぶ》せた。

果たしてやつは答えた。

それは……――キュバァァアアアア‼　と、高熱のブレスを放つ最大かつ最悪の否定。……まるでゲインの言葉をあざ笑うかのように、眩《まばゆ》い光がダンジョンを焼き尽くす行為でもって答えた。

それは、ダンジョンの岩をも溶かす熱量で、地獄の業火のごとき灼熱《しゃくねつ》のブレス。

古巣など……。

いや、人の意志などちっぽけで矮小だとあざ笑う、それ――。

　やってみろ！　と――――‼

「ふッ――」

ブルリ……！

「いいだろう、トカゲめ……！　ただでやられる気はないってか？　くく、それでこそ超上級モンスター！　俺たちのレベルアップの肥やしだ！」

すぅ……。

「巣の内部で待機中の傭兵《ようへい》たちに連絡‼　予定通り、やつを拘束し地面に引きずり下ろせ！　その後で膾《なます》斬りに――――！」

「――至急伝です！」

ゲインの言葉を遮るようにして傭兵がキャンプ地に飛び込んできた。

彼は束《つか》の間《ま》逡巡《しゅんじゅん》し、近くにいたグレンに耳打ちをした。その瞬間、グレンの目が限界まで開かれるッ！

「――な、なんだと⁉」

グレンはその傭兵を摑《つか》み上げ、ぶん投げるとゲインに向き直る！

「……げ、ゲイン‼　たった今、巣を監視していた連絡員から、至急伝が来た！　か、監視と拘束のために待機していた連中は――」

その様子に、ゲインは作戦がうまくいっていることを確信した。

そのために金をかけ、手間をかけ、人を配置したのだ。

「ふ……どうやら、ボス部屋前で張らせていた傭兵どもが捕捉したようだね。いくらアークワイバーンとはいえ、巣を守るためには、あの狭い場所で戦わざるを得な――……」

「違う！　そうじゃない！　そうじゃないんだ、ゲイン！」

震える手で差し出すメモ用紙には、たった一言――。

「……ぜ、全め」

――ボォォォオオオンン!!!

「うぉ!?」

グレンがみなまで言う前に、ダンジョンが爆発し地響きをたてて崩れ落ちていく。

あの上級ダンジョンがバラバラと――……。

「ぜ、全員無事か?! な、なんだこの爆発は……?! いったい、なにが――……!」

反射的に顔を覆っていたゲインが恐る恐る空を見上げると、
ゲインの読みと宣言をあざ笑うかのように、アークワイバーンが爆炎と土煙のなか、黎明《れいめい》の空に舞い上がっていた。

『ギェッェエエエエエエエエン!!』

そして、歓喜とも勘気ともつかぬ声を上げて鳴き、自分のいた古い巣をその炎で徹底的に焼き払っていく。

「な、なんだと?! ……焼いているのか?! 自分の巣を……ダンジョンをッ?! ぼ、ボスモンスターがダンジョンを放棄するというのか?!」

その炎の中に小さな人影のようなものが一瞬だけ見えた。

おそらく、ゲイン子飼いの冒険者なのだろうが……。

「見りゃわかるだろ! ――……そうだ、全滅。全滅だ! あのトカゲ野郎。巣ごと焼いていやがるんだ! か、監視と拘束のために控えていた上級の冒険者も全てだ!! くそぉ……護衛についていた傭兵部隊も壊滅したぞ!!」

グレンが今までに見たことないほど真っ青な顔で叫ぶ。

「ば?!」

バカな……！　あれほどの金と人を投入したのに、一瞬で壊滅だと?!

（お、俺の完璧な計画に綻びが……?!　いや、）

ゲインが驚く。

ほんの少し驚く。

そう……ほんの少しだけ。……だから、驚愕に開けた口を、徐々に笑みの形に変えていき──。

「……いや。これはこれで、ありか。──くく……驚いたよ。驚いたが、これはこれで実に好都合ッ」

驚愕の顔から、口角を吊《つ》り上《あ》げた凄惨な笑みに表情を変化させたゲイン。

人員の死傷などなにほどのことがあるとでも言わんばかり。

「ダンジョンを捨て、巣立つモンスターか……。──面白い。面白いぞ！　実に面白いじゃないかぁ！　引きこもりのトカゲが何のつもりかは知らんが、正々堂々の脱出とは恐れ入った！　いいね、結構じゃないか!!」

このダンジョンで何年も働く専属の冒険者を一蹴。

そして、傭兵も含めて壊滅……。

生きた魔石鉱山の基盤を全て失ったゲインではあったが、全く動じていなかった。

この程度の損害、カッシュ財団にはたいした損害ではないのだ。

「な、なにを言っているんだゲイン？」

「くくく――わからないか？　これは絶好の機会だよ。俺たち『特別な絆《スペシャルフォース》』の実力を世間に証明する――な！」

「はぁ……?!　そ、そりゃどーいう意味だ？」

首をかしげるグレンの肩をポンポンと叩《たた》きつつ、ゲインは思考を高速で巡らせる。

どうせなら、派手に行こう。と――。

「伝説の魔物を倒すんだ。その晴れの舞台はとっておきの場所でなくちゃあなぁ！」

「お、おい……まさか」

ゲインの言わんとすることに気付いたグレンは不安げに顔を引きつらせる。

「……計画変更だ」

そうとも、選択肢はいくらでもある。

柔軟に対応してこそ、冒険者というものだ。計画とは常に流動的でなくてはならない。

(規格外の魔物――……実に良《い》いではないか!!)

やつを倒せばいったいどれほどの経験値が手に入る?!

やつを滅ぼせばどれほどの境地に至ることができる？

やつを殺せばいかほどの名声を手にすることができる?!

そうだ、俺だ。

やつを殺すのは俺だ……このゲイン・カッシュ様だ。

だから、決めた。

「くく……。せっかくの規格外の魔物だ。せいぜい、世間様にお披露目しようじゃないか！」

やつをどこで、どうやって叩き落とすのかも決めてやる！

厄災の芽と知られる伝説の魔物だ。これを『特別な絆《スペシャルフォース》』が――……ゲイン・カッシュ様が仕留めたとなれば、どれほどの賞賛を得ることができる？

（……ならば、まずは追い込んでやる――コイツらを動員し、数で押せばいくら厄災の芽といえども、ここは逃げざるをえまい）

「お前、まさかあのトカゲ野郎を……」

「ふふ。心配するなよ。この件はここにいる面々しか知らん。アークワイバーンは自然発生した『厄災の芽』ということさ」

ゲインがなにを考えているのかわかりかねているのだろう。

不安そうな『特別な絆《スペシャルフォース》』の面々と、傭兵たちを流し見るとニヤリと顔を歪《ゆが》める。

「まぁ、俺に任せろ。……いくぞ、皆ッ！　たかがトカゲにビビるなよ。……追撃用意！　我ら『特別な絆《スペシャルフォース》』はあのアークワイバーン《経験値》を狩る――！」

ゲインの思惑に、一瞬、シンと静まり返るクランの野営地。

しかし、
ゲインの言葉がクラン全体にしみ込んでいった時。

徐々にメンバーの表情が和らいでいく。伊達《だて》に長年リーダーをやっていない。その信頼は抜群のものがあるのだ。

ゲインを盲信し——信頼しきっている彼らは疑問にすら思わない。

ゲインが経験値といえば——ドラゴンですら経験値だ。

ゲインが狩れると言えば——それは必ず狩れるのだ。

彼らはゲインの築き上げたクラン！

最強のパーティ『特別な絆《スペシャルフォース》』なのだから!!

ゲインを疑うなどありえない！

「……行くぞッッッ!!　全員武器を持て！　プライドを持て！　トカゲ野郎を膾斬りにして明日の晩餐《ばんさん》に供するくらいに当たり前のことだという確信を持て！　————さぁ、いくぞ。ユニークスキルのコンボで一気に仕留める!!」

シャキンシャキンシャキンシャキン!!

『特別な絆《スペシャルフォース》』のメンバーがそれぞれの得物を引き抜き構え、数十名からなるレアスキル、ユニークスキル、高Lv冒険者とベテランの傭兵が一斉にダンジョン『空を覆う影の谷』に突入し、アークワイバーンを討たんとする。

だが、

「ま、待って……！」

彼らを止めるものがただ一人。

突撃を開始したゲインたちの前に立ちはだかり、身を挺《てい》して制止しようとする。

「……だ、ダメ!!　あの子は――――」

白いゴスロリ衣装を汚れで灰色に染め、顔もゲッソリと痩せこけた少女。

【生命付与《ライフオブライブ》】のユニークスキルを持つ、アークワイバーンの給仕係のミカだ。

そのミカが、ヨロヨロと歩きゲインを止めようとする。

「……何の真似《まね》だ、ミカ！　そこを退《ど》けッ」

「ダメ！　早過ぎる――――……あの子はまだ!!」まだ――――……!!!

だが、時すでに遅し……。

ミカが言い終わる前に、変化は訪れた。

『ギィイイエエエエエエエエエエエエエエン!!』

大きく一鳴きすると、アークワイバーンは巨大な羽音を立てて住処《すみか》であったダンジョンの上空を旋回した。

それは、上級ダンジョン『空を覆う影の谷』の境界をはるかに超える高空だった。

「で、デッケェ……。マジであんなのが空を飛べるのかよ……」

呆然《ぼうぜん》と見上げるグレン。

あまりにも非現実的な、あり得ない光景だ。

本来、ダンジョンやフィールドで生まれた魔物は、普通ならその地域から出ることができない。

ゆえに、アークワイバーンも、ダンジョン『空を覆う影の谷』の境界に縛られていると思っていたが……。

だが、実際に、アークワイバーンはダンジョン兼巣箱をぶち破って姿を現すと、悠々と断崖を超えて空を遊弋《ゆうよく》し、自由を謳歌《おうか》している。

「ゲイン、どーすんだよ！　やつは、このままダンジョンを出る気だぞ?!　お、俺たちに空中戦装備なんて――」

「あ、そうだ！　【天候操作《オテンキねえさん》】で落としましょうか？」

グレンとチェイルの言葉に、

「わー！　飛んだ飛んだぁ！」

シャーロットの陽気な声が交ざる。

だが、当のゲインといえば、顔に影を落とし黙りこくっている。それを憔悴《しょうすい》しているとでも勘違いしたのか、残るメンバーは、呆気《あっけ》に取られて上空を見上げるしかなかった。

しかし、実際にゲインは憔悴してもおらず絶望も、茫然《ぼうぜん》ともしていなかった。

（予想外の事態ではあったがこれはこれでいい。どうせなら、町の方まで追い込んで仕留めてやる

さ）

すぐに我に返ったように振る舞うと、

「あぁ、逃がすわけにはいかないな！　空まで追うぞ!!」

「だから待って！　やめて!!　あの子を刺激しないで――――！」

大声を上げて走り出すゲインに縋《すが》り付《つ》くミカ。

その間にも、アークワイバーンは名残惜しそうにダンジョンの上空を舞うと、

フィッと突然興味を失ったかのように、二つの首を西の空に向けた。

「く！　……まずいぞ、ゲイン！　どうやって追うつもりだッ?!」

「ふふん。こんな時のために用意しておいた奥の手があるんだよ」

まとわりつくミカを鬱陶しそうに振り払うと、

「ミカ、いい加減退かないか!!　あれは俺たちの経験値だぞ――逃がすわけにはいかん！」

「ち、違うの！　あの子は起きたばかりでお腹《なか》が空いているの！　だから、今は刺激しないで!!

ご、ご飯をあげれば、きっと――」

数日間にわたって餌を与え続けたミカにだけわかる、ほんの僅かな感情の機微……。

いま、……アークワイバーンは腹を空かせているのだ、と。

魔物を喰《く》らい、

魔物を主食にしたアークワイバーン。

その思考は単純明快だった。

魔物が、
　魔素が、
　　経験値が食いたいッッ!!

『ギィィィィェェェェェエエエエエエン!!』

腹が減ったぁぁぁあああああああああああ!!

「……――ハッ!!　笑わせるな!!　餌をくれてやっただけで、母親気取りか!!　バカなやつめ!!」

退《ど》けッ!!

ミカを押しのけると、ゲインは鋭く鳴り響く笛を鳴らした。

ピイイイイ!!

「これが俺の奥の手だ!　来い、空輸便ども!」

バサ、バササァ!!

　バサ、バササッ!

ゲインの笛に呼び集められたのは、飼いならされた怪鳥《ガルダ》の群れ。

背には鞍《くら》がつき、腹には派手な布で作られたゴンドラ付き。

そして、腹のゴンドラにはカッシュ財団の徽章《きしょう》も華々しく描かれている――……これぞ、空の騎兵ッ!

「――行くぞ‼　総員搭乗ッ」

これこそ、

ゲインの切り札であり、いざという時の緊急連絡と移動用にカッシュ財団が準備した空輪便――

通称：怪鳥空輪《コンコルディア》であった。

「まずはやつを追う。全員、行くぞぉぉぉおおお‼」

「「「「おおおおお！」」」」

怪鳥《ガルダ》への騎乗経験のあるものは鞍にまたがり、

初めて乗るものは、腹のゴンドラに乗り込んだ。

一騎あたりで5~6名乗れる怪鳥空輪《コンコルディア》であれば、『特別な絆《スペシャルフォース》』を全員乗せても余りある。

「さーて、どこに行くつもりだトカゲ野郎？　まぁどこに行ってもお前は俺の経験値でしかないけどな――はーっはっはっは！」

先頭の大型怪鳥《ガルダ》の鞍に跨《またが》ったゲインが哄笑《こうしょう》する。

こんな風に、

空を駆けてドラゴンを追うのもいいじゃないか――――と！

そうとも。

白み始めた夜明けの空に浮かぶ黒い影を追って、

『特別な絆《スペシャルフォース》』は明け始める太陽の光を受けて、暁の出撃を開始する――――。

「目標！　アークワイバーン！　進路……南南西――――辺境の町！」

そう指示するとゲインはチェイルの【天候操作《オテンキねえさん》】を最大限に駆使し始めた。

鳥、ペガサス――……空を飛ぶものは雲を避けようとする。

ならばその性質を利用すれば、厄災の芽だって進路を制限することができるんじゃないか？　と――。

「さぁ、せいぜい俺のために踊れトカゲ野郎！　お前の晴れの舞台は俺の栄光への架け橋！

追い込まれて派手に逝け‼

「……俺たち、『特別な絆《スペシャルフォース》』に栄光あれッッッッッ！」

あ――はっはっはっはっはっはっはっはっは！

夜明けに響くユニークスキルたちの戦の咆哮《ウォークライ》は、

それは、あたかも彼らの前途を祝福する勝利の凱歌《がいか》のようにも聞こえた………。

だが、彼らには目もくれず――。

……厄災と言われた『アークワイバーン』は西を目指す。

ゴロゴロと曇天の空が迫り、頭上を抑えられたアークワイバーンはうっとうしそうにかぶりを振りつつも、初めて舞う空を……高空を優雅に舞い飛んでいく――……。

※　そして、同日午後　※

クラウス、上だぁっぁああああ!!

「…………ッ!!」

これは、メリムの【直感《インスピレーション》】か⁉

嘘《うそ》だろ……⁉　ここは俺の家——。いや、そうじゃない!!

「——ま、マジかよッ！　…………あぁ、クソ！　マジに決まってるよな⁉」

メリムはクソガキだけど嘘はつかない！　冗談も言わない！

（ならば……！）

一瞬だけ動揺したものの、その声を聞いた瞬間、クラウスは弾《はじ》かれたように飛び出す。

……メリムのあれは——従うべき言葉だッ!!

「——リズ！　今、行くッ!!」

シュランッ!!

全く迷いを見せずに、一挙動で短剣を引き抜くと、リズとメリムのもとに駆け出したクラウス。

何が来ても対処できるように短剣を逆手に構えて盾としながら、一足飛びで二人に駆け寄ると、

「リズ！　メリム!!　伏せろぉッッ!!」

「おにい——」「クラ——」

呆《ぼ》けた顔のリズと引きつった顔のメリム。

……――いいから、伏せろぉぉおおお‼


ガバッ‼

二人を体で覆うように庇《かば》ったその直後――……。

ドガァァァアアアアアアアアアアアアアアアアアアアアアン‼!

「ぐぁ……‼」

大音響と振動が家を襲う!

と、同時に屋根が崩れ落ち、壁が半壊していく!

ガラガラガラッッ!

ガシャン!　パリン!　ガシャ――――ン‼

「ふ、伏せろ。伏せろぉぉぉぉおお‼」

バラバラと降り注ぐ壊れた家の破片。

倒れる家具。

そして、猛烈に吹き寄せる熱風‼

「あつ!　あっつ‼」

なによりも、爆風のごとき――猛烈な風圧が3人を襲う‼

それを一人で庇いきるクラウス。

「きゃああああああああああああ‼」

「うわぁぁああああああああああああああ！」

「さ、叫ぶな‼　舌を噛《か》むぞッッ！」

クラウスの体の下で二人が叫んでいる。

それを、悲鳴ごと抑え込むようにしてクラウスが体全体で守る。

「く、クソ⁉　いったいなんだ⁈」

「わ、わかんないけど――【直感《インスピレーション》】が働いたんだよッ！」

あぁ、そうだろうさ‼

わかってるよ‼

メリムはまごうことなきクソガキだが、そのスキルだけは滅茶苦茶《めちゃくちゃ》信用できる‼

二度も命を救われ――今まさに三度目と……命よりも大事な義妹をも救ってくれた‼

「……あぁ！　あぁ‼　ああぁッ‼　ソイっツは、本ッ当にいいスキルだなッ‼」

「あ、ありがと……！　だけど、いったい何なんだ⁈」

――俺が知るかッ！

「くそ！　誰かが町中で魔法でもぶっ放したのか？」

そいつの顔面にパンチをくれてやらないと――。

「そ、それにしたって――……こんな、」

顔を埃《ほこり》まみれにしたメリムが言葉を切ると、また目を見開くッ！

「ッ！　まただ、クラウス‼　……まだ、来るッッッ！」

「なッッ⁈」

メリムの注意にクラウスが、慌てて短剣を構える。

すると、何かが爆炎のベールを切り裂いて薙《な》ぎ払《はら》われた！

『──ギィイィッェェエエエエエン‼』

（──なんだ？　モンスターの……声⁇）

咆哮《ほうこう》が鳴り響いたかと思うと、その刹那──爆炎の向こうを割るようにして何かが来る！

「ま、マジかよ⁉」

──バァァァアアアアアアン!!!

「ぐぁぁあ！」

……それは圧倒的な暴力だった。

真っ黒な──なにか、分厚く固く、ただ巨大な質量がクラウス目掛けて薙ぎ払われたのだ。

「いててて……な、なんだ⁈　くそ‼」

クラウスはかろうじて生きていたが、目の前の光景は一変していた。

つい先ほどまで住宅街であったそこは、きれいさっぱり更地になっており、先ほどの一撃が半円状に家屋を薙ぎ払った結果だとだけ理解できた。

「ぐぅう……！　な、なんなんだよ……いったい⁈」

そいつは、強力な一撃でクラウスを家ごと薙ぎ払った直後に姿をあらわした。

ブワサァッァ……と、立ち込める濛々《もうもう》とした爆炎のベールを、巨大な尾で自ら薙ぎ払い叫んだ！

『ギェエッェエエエエエエエエエエエエエエエエエエエエエエエエエン!!』

「う、うわッ!!」

ビリビリビリビリビリ…………！

「ひ、ひぃ!?」「きゃあ！」「な…………」

な、
な、ななな、なんじゃ、あれ――……。

「「「なんじゃありゃ――――――!!」」」

3人の悲鳴が木霊《こだま》した時、
そいつは黒い体表と、黒い翼を持った巨大な質量として現れた。

そう。あれを、――――……一言でいうなら、

「ド、ドラ――ゴン？」

第８話「空を切り裂く」

――ドラ……ゴン？

クラウスの呟《つぶや》きに、そのドラゴン《アークワイバーン》？は咆哮《ほうこう》をもって答える。

『ギィェエェエエエエエン!!』

そして、やつはひとしきり叫ぶと周囲を睥睨《へいげい》し低く唸《うな》り始めた。

『フシュー……。フシュー……』と、火炎交じりの吐息を吐き、まるで獲物を探すように――。

『グルルルルルル…………グル？』

「う……」

一瞬、クラウスと目が合ったように感じたものの、すぐにそれはそらされた。

……やつはクラウスなど、歯牙にもかけていないようだ。

「お、おにいちゃん……」

「ちょ、リズ――動くなって！」

クラウスの背後ではリズが起き上がり、
彼の背中に縋《すが》り付《つ》こうとするも、メリムがそれを必死で止めている。

（いいぞ、メリム……！　そのまま、リズを押さえてろ）

リズはどこか危なっかしいところがある。

普段はしっかりしているのに、時々無鉄砲になるのだ。……特に家族のこととなればなおさら。

だから、こっちに来るな——と、目で訴えかけると、メリムがコクリと頷《うなず》く。

……いい子だ。

ドラゴン？は今のところ——こちらに注意を払っていないが、何がきっかけでパクリとやられるかわかったものじゃない。

やられるにしても、………クラウスだけでいい。

何も全員が食われる必要などない。

しばらくは、家屋が燃える音と、ドラゴン？の鼻息が場を支配していた。

『フシュー、フシュー…………』

クラウスも構えてはいるが、
ドラゴン？と対峙《たいじ》して勝てる見込みなど全くない。

そうして、しばらくはジットリと嫌な空気が流れる————……。

……まさに、その時!!

カンカンカンカンカンカンカンカン!!!

　カンカンカンカンカンカンカンカン!!!

——びっくぅッ!!

『――グルッッ?!』

クラウスも、ドラゴン？も驚いて背中を跳ねさせる。

なんとも、まぁ‼　こ・の・タ・イ・ミ・ン・グで――――町中に警鐘が鳴り響いたのだ‼

よりにもよって――！

『ギィイエィエエエエエエエエエエエエエエエエエエン‼』

（あぁ、クソ‼）

そりゃ、驚くわな!!!

当然、いち早く反応したのはドラゴン？《アークワイバーン》であった。

やつは鐘の音に驚いて、二つもある首を左右に振りその発生源を探そうとする。

（ば、ッか野郎‼）

「――今頃、警鐘かよ！」

おせぇええ‼

つーか！　遅ぇくせに、余計なことすんなぁッッ‼

「お、おい……！　クラウス、あれ――見ろッ」

メリムがクラウスにかけより、肩を掴《つか》む。

その視線の先では、言われるまでもなく――町中に響き渡る鐘の音を嫌ってか、例のドラゴン？が鎌首をもたげて、その警鐘が鳴り響く「火《ひ》の見櫓《みやぐら》」を睨《にら》みつける。

『グルルルルルル!!』

幸いにも目標はクラウスたちから外れたようだが、それで安全というのもおこがましいというもの。

いや、むしろ――――。

「や、やばいぞ……!」

「やっぱ、これって――――」

あぁ……そうだろうさ。

リズを背後に庇《かば》いつつ、メリムがクラウスの隣に立ちドラゴンが睨む先を指さす。

「間違いない!!　あのドラゴン!　あそこの櫓を焼く気だぞ?!　――……噂《うわさ》に聞くドラゴンブレスが来るぞッ!」

「あ、あぁ――だろうな!!　くっそ、ここまで熱が来やがった……!」

あちちち……!

ドラゴンの口から洩《も》れるブレスの兆候だけでこの熱量だ。

ジリジリと肌を刺す高温に顔をしかめるクラウス。

……ただの熱を伴うブレスだけなら、まだいい。

だが、このドラゴン――普通のそれとは全く違う。

それどころか、やつからは櫓ごと周囲を更地にしても有り余る威力のブレスが放たれそうな気配だ。

『ゴァァァァアアアアアア………』

「「ひぇ⁉」」

カンカンカンカン

その鐘の音に苛立《いらだ》ちを隠さないドラゴン？は、まるで「やかましい！」とでもいわんばかりに、ガパァ！と両の口を開けると、そこに真っ赤な炎を湛《たた》えた。

それが、なんとひとつどころか、２本の首と口で――合計２つ……！

「やばい……」

………あ、あのブレスはヤバいッッ!!

絶対にヤバい!!!

「め、メリム……！」

「うん。や、やばそう。っていうか、ヤバいって！　あれはヤバい!!　僕の【直感《インスピレーション》】が、さっきからビンビン言ってるよぉぉおお！」

……だろうなッ!!

あれで直感が働かないなら、一度死んだほうがいいわぃ!!

「お、おにいちゃぁっぁあああん……！」

ぐ………。ボケッとしてる場合じゃないか！

そうだ、クソッッ――――リズだけでも。

せめて、リズだけでも逃がさないと――――!!

「リズ、よく聞いてくれ――。俺が合図したら……」

クラウスが決死の判断をした時、
突如、周囲がシンと静まり返る。

まるで嵐の前の静けさ……。

「え？」

「なに？」

「おにい、ちゃ……？」

思わずクラウスも、メリム、リズも動きを止めてしまう。

そして、次の瞬間――――……!!

『ゴルァァァァ――――アア――――……』

ビリビリビリビリ!!

竜口が煌《きら》めき空気が振動するッ！

く、来るぞッ！

「……だ、ダメだ！　ブレスが来るッッ!!」

メリムに言われるまでもなかった。

この段階では【直感《インスピレーション》】も、クソも、何もない……。

だって、見ればわかるもの。

……あのドラゴン《アークワイバーン》？の口腔《こうこう》に集まる光の奔流を――。

キィイイイイン……――！

初めて見るというのに、それがわかった。

あれが、あれこそが噂に聞くドラゴンブレスだと！

なぜなら……クラウスは一度見たことがあるからだ――……。

初めてであり、
初めてではない。

それは、かの有名に過ぎる――勇者のドラゴン退治のお話。

悪い悪いドラゴンが、王都を焼き尽くし人々を困らせていたという……子供向けのおとぎ話のこと。

そう。

あの日――……あの子供の頃、ベッドの中で親にねだったドラゴン退治の勇者の絵本のお話で、
そこに描かれていたドラゴンが、コミカルに「炎を吐くシーン」がまさにそれで――これだ……。

今、この場で顕現したドラゴンのブレスは、あれそっくりで――。

――やっぱり……ちっとも似ていなかった。

だって、絵本の挿絵からは熱も感じられなかったし、
こんなに、凶悪な気配は漂っていなかったし、
そもそも、絵本には絶望の色が全く見えなかった。

だけど、これは違う――――……。

これは、もはや――……絶望そのもの。

「り、リズ……！」

「お兄ちゃん……！」

大事な義妹の手をギュッと握り締める。

最後の時は家族と――……。

『ギィイエィイエエエエエエエエンン!!』

「うわぁぁあああああ!!」

「きゃあああああああ!!」

双頭のドラゴンが吐くそのブレスは、ただの炎ではなかった。

それはまさに破壊の魔力。赤と青の異なる熱の迸《ほとばし》りで、眼前で合わさり――白く、そして黄色い熱線となって町を焼き焦がすッ！

耳障りな櫓を吹っ飛ばし、ついでに目の前の虫けらと町を焼き尽くしてやると言わんばかりの、ありあまる暴力の熱!!

それが……。
今まさに、ブレスとなり——そう、まさに放たれんとする。
そして、収束した魔力が、撓《たわ》みに撓んだブレスが……カッッ————————！　と、ひときわ大きく輝き、次の瞬間ッッ。
……キュン!!
——と、一筋の光が放たれ、
発射地点と、
射線上の全てが、
つまり、クラウスたちの立つ町の一角が——全て……。
全て————…………！
　全てが————…………！
『ギィイェェェエエエエエンン!!』
一切の容赦なく、
一切の区別もなく、
一切の例外もなく、
薙《な》ぎ払《はら》われて、消え————……。
「…………えーい、『空間断裂』ううッ」

――消えたはずの世界の一角に。

一人の少女が舞い降りる。

「え?」

「なに?」

「だ、だれ?」

絶望の中の3人に、どこかのんびりと間延びした――場にそぐわない声が聞こえてきた。

「えい、えいえーい!」

ゴンッッ!

ゴンッッ!!

ゴンッッ!!

そして、それはあまりにも非現実な光景。

「あ、アイツは―――……!」

突如、
ドラゴンと、クラウスたちの間に舞い降りた一人の少女が、腕を滅茶苦茶《めちゃくちゃ》に振ったかと思うと、
何もない空間に3本の亀裂が………奔《はし》るッ!

直後――。

パキィィイイン!!

パキィイイン!!

パキィイイン!!　と、音をたてて、空間に歪《いびつ》なトライアングルが生まれる！

「なん、だ――あれ?!」

その刹那ッ……！

町とブレスを繋《つな》ぐ空間が三角に割れ、その先に真っ黒な穴を覗《のぞ》かせたッ!!

そこに、ドラゴンの最高出力で放たれたブレスが――キュゴォォォオオオオン！と、迸るエネルギーが溢《あふ》れるままに、凶悪な熱量とともに発射され――……深淵《しんえん》に消えていった！

「え？」

「は？」

ブ、ブレス……は？

後には、チリチリと空気を溶かす余熱が残るのみで、

そこに――ズデン！と転げて腰を強打しながら少女が舞い降りた。

ドテーンッ……！

「あうう……！　失敗」

「シャ、シャーロット……？」

「痛たた……。うー……お尻打っちゃった――」

クラウスの驚愕《きょうがく》の声に答えたのは、

猫のような雰囲気。

小さい線の細い印象の――――……。

ニコッ――――。

「うん。シャーロットだよ」

ドンッ!!

「ぐぇ！」

まるでタックルでもするかのようにクラウスの腰にしがみついたシャーロットは、いつぞやのように、グリグリと頭を押し付ける。

「クラウス、クラウスー♪　褒めて、褒めてー！　好きー」

グリグリグリグリグリグリ♪♪

「おっふ、おっふ……。はみ出るから、おっふ！」

絶妙に腹をグリグリとやられて、クラウスの口から妙な吐息が漏れる。

好き好きーと言って猫のように絡んでくる少女。

な、なんなの？　と、疑問に思ったのもつかの間、至近距離からドラゴンを超えるほどのジト……っと、した殺気を感じてビクリと震えるクラウス。

「な、なんだ――?!」

恐る恐る振り向くとそこには――――……。

「お、お兄ちゃ～ん……」

ジト目のリズ。

……ひぃ?!

「ち、違う！　誤解だ……」

誤解も何も、全くないのだが――。とりあえず弁明。

もう、これは反射行動でしかない。

（……い、いや、それよりも!!）

それよりもじゃないけど、それよりも――！

慌ててシャーロットを引きはがしたクラウスだったが、その直後に気付いた。

（か、彼女がいるってことは――）

「ま……。まさか――」

……いや～な予感。

しかし、予感的中とはこのことだろう。

顔をしかめたクラウスがそっと上空を仰げば黒い影。

シャーロットが舞い降りた直後に、上空を航過していった者たちがいた。

「あ、あれは――」

そう、言わずと知れたカッシュ財団の紋章たなびく巨鳥の群れ！

バサッ、バサッ‼

自家用怪鳥《ガルダ》の姿！　つまり、それは金持ちの象徴――………ってことは――――‼

「な、なぁ、シャーロット？」

腰にしがみつくシャーロットの肩を摑んで覗き込むと、彼女は屈託なく笑う。

「ん～？」

「……シャーロットがここにいるってことは、も、もしかして、」

あぁ、くそ。……やっぱり、そうか！

「うん！」

バサッ‼　バサッ‼

「あーっはっはっはっはっはっは！」

クラウスの癇《かん》に障るキザな声！

聞きたくもないクソ野郎のそれ――！

「ったく、暇人どもめ……！」

やっぱりだ。

やっぱり来やがった――――……！

こんな時には、絶対しゃしゃり出てくるお笑い軍団――……。

「また会ったじゃないか、クラウスぅ！　元気にしてたかぁ‼」

あああああ！

――クッソォォォオオッ!!

……やっぱり、いやがった！

やっぱり来やがった――――！

「こんなところで、何やってやがる!!　ゲぃぃぃイイイイン！」

第9話「ゲインの戦い」

「こんなところで、何やってやがる‼　ゲぃぃぃイイイイン！」

クラウスの叫びがこだまする時、

「はっはっはぁッ！　決まってるじゃないかッッ！」

ゲインの野郎はわざわざ超低空を飛んでいったかと思うと、急旋回をかけてニヤリと笑って見せた。

「――このアークワイバーンは、俺たちの獲物だ‼」

それだけのために再接近し、再び上昇――――。

「……は、はあ⁈」

こ、コイツ頭大丈夫か？

（……獲物とか何言ってやがる――）

クラウスの戸惑いなど気付きもしない上機嫌のゲイン。

「いざ、決戦ッ！　征《ゆ》けッ『特別な絆《スペシャルフォース》』の戦士たちよ」

さっ！　と、手を振り、航過しざまにドラゴン《アークワイバーン》?の周囲にクランメンバーをばらまいていく。

「とぅ♪」

「はっぁあ！」

「きゃっほ〜〜〜ぃ！」

ひゅるるるるる…………!!

　　ズタンッッ！

　　　タタタンッッ！

クラウスの疑問に答える暇もなく、ゲインたちは怪鳥《ガルダ》を急降下させると、地表スレスレで急制動を掛け、『特別な絆《スペシャルフォース》』の面々が降り立っていく。

どいつもこいつも意味もなくクルクルと回って着地を決めて、ビシィとポーズをとる。

「グレン・ボグホーズ！　参上！」

「チェイルさんだよぉ!!」

「ミカ・キサラギ――――」

スタン！

　　スタタタタタタタン!!

「レイン以下20名――降下完了」

「同じく、アベル・カーマイル以下20名、異常なし」

扇状にズラリと並ぶメンバーたち。

ユニークスキル持ちを先頭に、背後にレインとアベル率いる高Lvのメンバーとレアスキル持ちが居並ぶと中々に圧巻だ。

つーか、どこの雑技団出身だよ?!

しかも、それぞれが格好つけつつ、オリジナルの意味のないポーズを取っている。

……町がこんな惨状にありながら――。

「YOU《お前ら》はアホですかぁあ!!」

最後に、
ゲインが「とぅ!」と掛け声をかけつつ怪鳥《ガルダ》から降り立つと、回転しながら着地し、半身に構えてポーズを取る。

うまい具合に『特別な絆《スペシャルフォース》』のメンバーがずらりと並ぶそのど真ん中に着地。

「呼ばれて登場――!」

――呼んでねぇよ……!!

「――世紀の最強パーティが……一つ!!　あっ『特別な絆《スペシャルフォース》』見・参・ッ・ッ」

どこからともなく、ジャーン!　とか、効果音が聞こえてきそうな気がする。

……っていうかこの期に及んで獲物だとかマジかこいつら?

しーん…………。

「お、おにいちゃん……このお笑いぐ、こほん――……ぼ、冒険者の人たち――誰?」

めっちゃ不審者を見る目のリズ。

うん、その眼《め》は正しい――。

あと言い直さなくていいから。正しいからその認識。

「……ただの大道芸人だ」

ズルゥ！

「誰が大道芸人だ!!」

いや、お前らだよ……。

目立つの大好き、
　派手なことが大好き、
　　変わり者《ユニークスキル所持者》ばかりが集まってる――。

「……あ、大道芸人だね」

「あーほんとだ、当たってる」

「クラウス、的確ぅ」

「だろ！」

納得のリズと、「ウンウン」と頷《うなず》くメリムと――シャーロット。

「誰・が・大・道・芸・人・だ！」

っていうか!!

「シャーロット！　お前はこっち側だろ――戻ってこい!!」

「えー…………」

なぜか、クラウスの腰にしがみついて嫌々をアピールするシャーロット。

先日以来やたらと懐かれているが悪い気はしない。

……だけど、リズちゃんの目が怖い！

だから離れてくれぃ！

と、シャーロットを再び引きはがそうとすると、

「むぅ？　お手て繋《つな》いで、クラウスと仲良しさん？」

腰から顔をあげたシャーロットが指を軽くくわえつつ、クラウスとリズを見て首を傾《かし》げる。

は？　仲良し⁇　………………って、手ぇええ！　リズさん、お手てぇぇ！

「あ」

「あ」

「あー……お前らー。いひひひッ」

そしてようやく、今の今までリズと手を繋ぎっぱなしだったことに気付いて、

「ご、ごめ」

「う、うん。ごめん、お兄ちゃん」

メリムの茶化しが入り、クラウスとリズは顔を赤らめながらも慌てて手を解《ほど》く。

すると、

「だー‼　そこでイチャコラしてる場合か、クソったれどもが‼」

「い、イチャコラだなんて、きゃー♪」

頭をバリバリ掻《か》いて地団太を踏むゲインを意にも介さず顔を赤らめるリズ。

誰がクソったれだ！　つーか……リズちゃん強いね。

こんな状況でもマイペースなＭＹシスターに感心しちゃうクラウス。

「むぅー。シャーロットも交ぜてー」

そこにシャーロットも加わりもみくちゃにされるクラウス。

「いやいや、なんだよ、これはッ？　何の時間だっつーんだ、クラウス！　お前、まじめにやれぇ！」

「いや、俺に言うなよ……」

顔を真っ赤にして唸《うな》るゲイン。せっかくの登場シーンが台無しだ。

っていうか、シャーロットは、はよぅ行ったれよ。

「だから、早く来い！　シャ――――ロット！」

「むー。クラウスぅ。あとでねー」

さすがにゲインが哀れになってきたわ。

渋々と、ゲインのもとに行くシャーロット。

「は・や・く！」

「はーい…………」

もっともなツッコミにしょんぼりして頷くシャーロット。

トボトボと『特別な絆《スペシャルフォース》』の輪の中に戻っていく姿を見てちょっと同情。

「まったく――……早く輪に入れ！　ポージングが決まらんだろうが」

確かに、ユニークスキルメンバーの一角にシャーロットが入れそうな隙間がある…………って、ポージングの問題か―――い⁉

「いや、ポージングって、お前――」

『特別な絆《スペシャルフォース》』以外、ずるッとずっこける中、
渋々そこに加わったシャーロットが、「にゃーん。シャーロットだよぉ」とかいって、猫のポーズで隙間を埋める。

………『特別な絆《スペシャルフォース》』完全メンバー勢ぞろい‼

ばばーん。

どこからともなく効果音が聞こえてきそうなくらいほぼ全員がドヤ顔。

「…………あははは。ダサッ」

とはいえ、
ゲインや真面目くさって格好をつけてるメンバーはまだいいけど……。

あの堅物のレインさんなんか、顔が真っ赤やぞ？

あれ、絶対嫌がってるよね⁈

表情死んでるで？　あれ、絶対夜寝る前に悶絶《もんぜつ》しちゃう顔だよ?!

「うぅ、死にたい……」

ほらぁ！　死にたいって言ってんじゃん!!　……そーいうのパワハラとかセクハラ言うんやで?!

知ってる？　雇用者のゲインさんよー!!

「あれ？　あそこって、お兄ちゃんが前にいたクランじゃ――」

「うぐ……」

言うな……。あれは黒歴史だ。

「……今日ほど抜けて正解だと思った日はないわ」

あそこに加入したままだったら、クラウスもあそこにいたんだろうか……。

　「ばーん！　自動機能《オートモード》のクラウス、爆誕！」

うっわー……自分で言っててこれはないわー。

(………う～ん。これはないな！　ないない。よかったーソロで)

ニコォ！

「おい、クラウスぅ!!　な～んで、微妙な顔して笑ってんだ!!　なんか無性にむかつくぞ!!」

「いやー。ちょっと、ワークライフバランスについて真剣に考えてて――」

ゲインのツッコミにも、ニヨニヨ笑って返すしかできないクラウス。

「……ち！　この輪に入れなくてがっかりしているんだろうが――あいにくだったな!!」

「いや、その輪はちょっと――……。切実に今を楽しんでます。はい、割とマジに」

そのやり取りがすでに漫才だとか芸人のそれなのだが、ゲインは気付いていない。

それどころか……。

「はは！　負け惜しみを――」

ゲインが嫌みな笑いを浮かべたその瞬間ッッ。

『ギィイイエッェエエエエエエエエエンン』

ビリビリビリ!!　と空気が激しく攪拌《かくはん》される。

「おっと、君を忘れていたね」

まるで無視するなと言わんばかりにアークワイバーンが咆哮《ほうこう》を上げた。

「はっ。まったく、ヒーローの登場シーンを邪魔するとは、所詮は獣か」

ワザとらしく肩をすくめるゲイン。

獲物だとか言っておいて、忘れてたも何もないものだが――。

まぁ、余裕を作為しているのだろう。

ゲインは頭をガシガシと掻きながら言った。

「ったく、よくもまぁ、こんなところまで逃げてきたもんだ――おかげで、とんだ大捕物だよ」

え？

コイツ――今、なんて言った？

（…………こんなところまで逃げてきた、だと？）

ふとクラウスの胸中に湧いた疑問。まるで、ここまで追ってきたかのようなゲインの言葉に違和感を覚えた。

「おい、ゲイン。今のはどういう――」

『ギャァオォォオオオオオオオオオ‼』

しかし、束《つか》の間《ま》の平和なひと時も長くは続かなかった。

猛《たけ》り狂《くる》うアークワイバーンの咆哮に思わず竦《すく》むクラウス。

「はは。ビビりはすっこんでろッ。……どうやら、コイツは俺たちに用があるらしいからな。獣のくせに空気を読めるらしい」

はぁ、やれやれ、とため息をつくゲインにいら立ったのか、アークワイバーンが２本の鎌首をもたげて威嚇する。

それを見上げてニヤリと笑うゲイン。

「……いいだろう。かかってこい――――」

チョイチョイと手で挑発するゲインに、アークワイバーンも応じる。

『ギャァォォォォオオ――――……！』

ひときわ大きく嘶《いなな》き、グワバッ！と大口を開けた。

――キィィィイイイイイン！

「あれは――――！　ま、また、あのブレスを打つ気か？」

ブレス発射の兆候が両の口に集まり始め、クラウスたちが顔を真っ青に染める。

あの――厄災のごときブレスが……。

「ク、クラウス！　これ、やばいぞ！」

一度あのブレスを間近で見たメリムも顔を青くする。

さっきはシャーロットの機転で回避できたが、次もうまくいくとは限らない。

そもそも、アークワイバーンだって馬鹿じゃない。回避されるのがわかっていて素直に打つものか――――!!

「リズ。今すぐここを――――」

せめてリズだけでも避難させようと手を取ったその時、

「……フフフ。獣風情が――――。馬鹿の一つ覚えのブレスかい？　フハハハハハ！」

ブレス発射直前にもかかわらず、ゲインは余裕綽々《よゆうしゃくしゃく》だ。

「……さぁ、見せてやろうッ――――ユニークスキル保持者の戦いというものを!!」

「「「おう!!」」」

それを合図に戦闘隊形を整えていくゲインたち。

さすが上級のパーティ。行動は迅速にして果敢！

「前衛は」

「我らが！」

ザザ！　と隙のない足取りで『特別な絆《スペシャルフォース》』の高Lv筆頭のレインたちが重装備と剣を手に一歩前にでる。

そして、ゲイン率いるユニークスキル保持者たちは、彼らを肉壁にし、得物を携えるとスキル発動の構えを取る。

「――……諸君。調教の時間だ。思う存分力を示せっ！　『特別な絆《スペシャルフォース》』……行くぞっっ！」

「「「おう！」」」

「行くぞッ!!」

「「「おう!!」」」

行くぞ!!

「「「おぉう!!」」」

ザザザザザッ!!

一斉にポーズを解除した『特別な絆《スペシャルフォース》』の面々が戦闘隊形を整えていく。

そこはさすがに技量の高さが窺《うかが》えるものであった。

特に、幹部連中は連携もさすがに素早い……。なにより、気合十分ッ。

ゲインを核心として、『特別な絆《スペシャルフォース》』の総力戦だ!!

いま、まさに――。

厄災の芽と言われるアークワイバーンと、
ユニークスキル保持者と高Lv冒険者たちの戦いが始まる…………。

『特別な絆《スペシャルフォース》』　vs.　厄災の芽

「攻撃開始ッッ！」

サッ！

手を軍配とし、ゲインが突撃を指示すれば一斉にアークワイバーンに躍りかかるメンバーたち。

「「「うぉぉぉぉおおおおおおおお‼」」」

厄災が辺境の町の一角を燃やし尽くす時。

……ユニークスキルと厄災の激闘が始まった。

※　※

「よし！　フォーメーション！　切り替えッッ」

「へっへー！　いくぜぇぇええ！　スキル『原子破壊《アトミックブレイク》』」

グレンの強烈無比なスキルが連続で発動。

『ギィェェェェエエエエン‼』

その瞬間、ボサァァ……！　と、細かな粒子状となって消えていくアークワイバーンの飛膜。

「はっはぁ！　図体《ずうたい》だけでたいしたことないな！」

「あーら自分のことを言ってるのかしらぁ？」

ケラケラと笑うチェイルがグレンをあざ笑う。

「なんだとぉ！」

そんなやり取りの間もいくつものスキルが煌《きら》めき、次々に着弾！

戦闘開始より息もつかせぬ攻防が繰り広げられ、
すでに、何発ものグレンの攻撃を食らっていたアークワイバーンの空を舞うための飛膜は穴だらけになりつつある。

「よーし、よくやったグレン！　これでやつは空を飛ぶ手段はもう使えないはずだッ!!　一気に追い込むぞっ！　――――『時間停止《タイム》』！」

ゲインのユニークスキル【時空操作《タイマー》】の『時間停止《タイム》』によってアークワイバーンの動きが止まる。

ピクリともしないアークワイバーンを見て、レインたち高Lv組が大剣を手に、手足を狙う。

「総員、吶喊《とっかん》ッ！」

「「「うぉりゃぁぁああああああ!!」」」

蛮声が響くなか、レインたちの近接攻撃がアークワイバーンを切り刻んでいく。

「はは！　いいぞ！　押しているぞっ！　みたか！　これが俺たち『特別な絆《スペシャルフォース》』の力だぁあ！」

ゲインの高笑いとともに、確かにアークワイバーンがその黒い体を鮮血で染めていく。

レインたちの剣戟《けんげき》が滅茶苦茶《めちゃくちゃ》にアークワイバーンを刻んだかと思うと、その血煙の中から手足から血を流したズタズタの姿が現れる。

『ギェェェェエエエエン‼』

断末魔にも聞こえる悲鳴。

「いける……！」

「いけるぞ‼」

「俺たちが――『特別な絆《スペシャルフォース》』が超上級の魔物を押しているんだ！」

ゲインたちの喜色が声となって零《こぼ》れ落《お》ちる。

未《ま》だ『特別な絆《スペシャルフォース》』側に脱落者はおらず、その一方でアークワイバーンが次々に傷を負い、傍目《はため》にも防戦一方であった。

「ゲインのやつ…………。言うだけのことはあるな」

クラウスは、傷だらけになった体を、家から引っ張り出した椅子に落ち着けると、リズの治療を受けながら唸るように言った。

腕が酷《ひど》く痛んだが、見れば骨にひびが入るほどのケガを負っていたらしい。

どうやら、アークワイバーンの最初の一撃を受け止めた時の負傷だろう。

今の今まで気付かなかったのは、戦闘時アドレナリンのおかげだろうか？

「もう、……無茶ばっかりしてぇ、馬鹿なんだから！」

目に涙を湛《たた》えたリズが、心配させたお返しだ！　とばかりに包帯をギュギュー！　と絞った。

「いだだだだ！　む、無茶するなよ！」

「しらないッ！」

プイッとそっぽを向いてしまったリズの頭を、治療が終わったばかりの手でポンポンと撫《な》でてやる。

「大丈夫……。俺は死なないよ――――何があってもリズのもとに帰ってくるし、今までだって帰ってきただろ？」

【自動機能《オートモード》】の『自動帰還』で帰る先は「クラウスの家」――……すなわちリズの元だ。

「ばか……」

コツン、と額を肩に押し付けられる感触を確かめつつ、クラウスはゲインたちの戦いを見るともなしに見ることになってしまった。

別に観戦するつもりで残ったわけではないのだが、避難勧告を出す間もなく、町は大きな被害を受け、今もまさにアークワイバーンと『特別な絆《スペシャルフォース》』の戦闘によって誰も近づけない有様《ありさま》だ。

それは去る者も同じ。

下手に動こうものなら、アークワイバーンか『特別な絆《スペシャルフォース》』双方からの流れ弾に晒《さら》されそうなのだ。

それくらいならジッとしている方がいい。

幸いにも――――。

「うわ！　なんか来る――――！」

「おっけー‼」

メリムの声にクラウスが反応し、破片を叩《たた》き落とす。

さっきからこのコンビネーションで、危機を凌《しの》いでいる。

メリムの【直感《インスピレーション》】と、クラウスの迎撃。

これだけでほぼ完璧な防御態勢だ。

アークワイバーンは倒せなくても、自衛だけなら何とかなる――――。

そう。

……何とかなる、と思っていた。

（それにしても、強い…………）

戦闘が開始されてからどれほどの時間がたっているのだろうか？

防戦一方に見えるアークワイバーンも、どうやらまだまだ致命傷は負っていない。

一見して、ゲインたちが押しているように見えるが……、『特別な絆《スペシャルフォース》』も決め手を欠いているようにも見えた。

だから、どちらも強い――――……。

規格外の強さを誇るアークワイバーンと、

常識外れの強さを見せる『特別な絆《スペシャルフォース》』。

クラウスなど足元にも及ばない。頂上の者たちの繰り広げる人外の戦い。

中級になりたてのクラウスが入る隙などどこにもなかった。

(だけど、これって――……)

クラウスは見物している視点から、懸念していることがあった。

それは、たったの一体だけで何十人もの人間を相手にしているアークワイバーンに対して、素晴らしい連携を見せる『特別な絆《スペシャルフォース》』であったが、それはすなわち――……。

『ギィェェェェエエエエエエエン!!』

ビリビリビリビリ……!

「ぐ!」

「ひぃ!」

唐突。

そう、まさに唐突としか言えないことが起こる。

「な?!　なによ?」

「くそ……でけぇ声出しやがって――」

巨大な羽の飛膜を破り、
漆黒の手足をズタズタにして、いよいよ腹部と頭部を攻略しようとしていた矢先のことであった。

突如、大声を張り上げたアークワイバーンに『特別な絆《スペシャルフォース》』が一瞬だけ動揺する。

それは破れかぶれの奇策にも見えたが、アークワイバーンはその隙を見逃さなかった。

（……いや、初めからこの瞬間を狙っていたのか?!）

それほどに絶妙なタイミング。

連携攻撃の僅かな間隙を突いたそれに、ゲインすら動揺してしまった。

そこに、

「ひ、ひるむなッ！　ただの断末魔の叫び――」

「違うッ！　逃げて、ゲイン！」

バッと身を挺《てい》してゲインとアークワイバーンの間に割って入ったのはミカ・キサラギ。

「ミカ?!　なにを――」

驚いた眼のゲイン。その視界に映る白いゴスロリ衣装のその体が――。

「げふっ…………」

ポタタタ……と、血が滴る音が響く。

けれども――。

「いたたた……！　み、ミカ、貴様ぁぁ――戦闘中にふざけるなど…………え？」

……ミ、ミカ??

ミカに突き飛ばされ、しこたま腰を強打したゲインが怒りの声を上げるも、すぐにその声が勢い

を失っていく。

だって、その目の前には――。

ボタッ……。

　ボタッ……。

　　ボタッ……。

「み、ミカ。お前…………？」

　　　ボタタッ……。

「……かはッ」

ドサッ…………。

「ミ――…………」

ゲインの目の前に、なにか真っ赤なものが――――ドサリと音をたてて転がった。

白くて、赤い――何か。

「ミ、カ」

そして、その下手人たるアークワイバーンを見上げてゲインがブルブルと震える。

声を漏らす――。

「う……。う、嘘《うそ》だ、ろ？　なんで、……なんで――」

『グルルルルルル…………』

わななくゲイン。
思わずしりもちをついたまま起き上がれないほど動揺し、驚愕《きょうがく》し――。
「――あの、ボロボロだったアークワイバーンが……」
なんで……。
　なんで、腕が、
　　なんで、羽が、
　　　なんで、頭が、
――なんで、なんで、
「なんで、また、新しく生えてんだよぉぉぉぉおおおおお‼」
――絶望した！
『『『ギェェェッェェェェッェェエエエエエエンン』』』
ゲインの絶叫が響き渡った時、
アークワイバーンの3本の首が雄たけびを上げた。

第10話「厄災の芽」

ドラゴン種の進化。

元々強力なドラゴン種が進化するというのは、非常に稀《まれ》なことである。

クラウスのLvが上がるにつれて必要となる魔石の数や倒すモンスターの質を向上させていかなければLvが上がらなくなるように、

モンスターも同様、死闘を経て格上等を倒し食らうことによってLvを上昇させ、進化するという。

つまり、当然強いモンスターほどLvの上昇は容易ではなく、ましてや進化に至るのは困難であることが理解に難くないだろう。

結果。ドラゴン種のような食物連鎖の頂点にたつ、最強種の進化は通常では起こりえないのだ。

……とはいえ、前例がないわけでもない。

特に古い文献ではしっかりと記録が残されており、そこには進化したドラゴン種による厄災の芽が人々の苦い記憶として描かれていた。

——それこそ、かつて『厄災』と呼ばれた、王都を襲ったドラゴンもその進化の果てに生まれた化け物であると言われていたくらいだ。

そして、その『厄災』に至る『厄災の芽』ともいえるアークワイバーンは、十分に栄養を取り、徐々にLvを上げていった。

つまり、ゲインたちの養殖によって栄養を蓄えたワイバーンは、その上位種として進化していた。

それも、一見してゆっくりとした変形を経てかつ、まだまだ成長の途上であった。

見ての通り、ワイバーンもドラゴン種。

そして、曲がりなりにもドラゴン種であるからこそ、進化のたびに強力になり、そして種を超越していく。

この『特別な絆《スペシャルフォース》』の手によって養殖され、養育され、養護されて無理やり進化させられたダンジョンボスであるワイバーンも例外ではなかった。

『『ギィイエエエエエエエエン!!』』

やつはもはやダンジョンのボスであったことなど忘れたかのように、大空の覇者として君臨する。

そして、腹を満たすという原始的な欲求に従い、ミカ・キサラギらの手によって運ばれていた高濃度に高圧縮された経験値を蓄えた餌をさらに欲するようになっていた。

傀儡化《パペットモンスター》された魔物の遺体。

そして、魔石。

ゲインたちから送り込まれたそれらを食らい、喰《く》いに喰《く》いまくったアークワイバーン。

だが、ある時を境に餌が酷《ひど》く薄味に、そして空腹を満たせなくなっていたことに気付き、巣を飛び出した。

巣を飛び出し、ゲインたちに追われながらも各地の狩場を襲い、そこにいる魔物と狩場のボスを食らい――ひたすら食らい、食らい、食らい尽くして、喰いまくった……。

本能のままに行動して、ついに満腹になったところで追いつかれて攻撃された。

その果てに、アークワイバーンは脱皮という二段階目の進化を果たし――……さらに強力な魔物となった。

『『ギェエッェエエエエエン！』』

「ひ、ひぃ……！」

「お、おい！　ゲイン、どうなってんだよ！」

チェイルは怯《おび》え、グレンは追及する。

だが、ゲインにだってわかりはしない！

「……ば、バカな。――き、傷が消えただと⁉　ば、バカなぁぁあ」

メリメリメリと、古い皮を脱ぎ捨てるようにしてアークワイバーンが破れた皮膚の下からさらにどす黒く染まった体を覗《のぞ》かせる。

それは全くの無傷――……おまけに手足が増え、羽も……そして、頭部までもが増えている。

「ちょ、ちょっと……は、話が違うわよ⁉　た、倒せるって言ったじゃない！」

「げ、ゲイン！　なんなんだよあれはッ‼」

口々にゲインに詰め寄る『特別な絆《スペシャルフォース》』の面々。

さらには、

「み、ミカ、死んじゃったの？」

「シャーロット殿！　むやみに前に出てはいけませんッ」

ガクリと腰を抜かしたシャーロットと、彼女を背後に庇《かば》う女戦士『赤い腕』のレイン。

そして、ミカは――――。

ミカは――――……。

「う、うううう、うるさい！　うるさい、うるさい、うるさ――――い！」

頭を掻《か》きむしり怒鳴り声を上げるゲイン。

仲間たちの追及を振りほどくと、キッと顔を上げる。

「まだだ………！　まだ終わらんよ！」

勇気を奮い立たせるように声を張り上げたゲイン。

グレンとチェイルを押しのけると、残るメンバーに言った。

「たかが脱皮だ！　一回や二回脱皮したからといってそれがどうした⁉」

「いや、お前――――‼」

ゲインの言葉にグレンは指をさして言う。

「み、見ろよ！　や、やつの姿を!!　どう見ても無傷じゃないか!?　俺たちの攻撃が全然効いてないじゃないか!!」

「そ、そうよ!!　どうやって倒すのよ！　あ、あれじゃ――――まるで無敵、」

「――――黙れぇぇええ!!」

幹部連中の口調にイラ立つゲインは、口の端に泡を浮かべ、唾を飛ばしながら宣《のたま》う。

「うるさいうるさいうるさい！　無敵の魔物などいるものか!!　とにかく攻撃だ!!　まずは攻撃だ!!　即攻撃だ!!　いいから戦え!!」

戦え！

戦え!!

戦え!!!

「戦いこそが俺たちの存在意義だろうがぁぁぁあああ!!」

……む、無茶苦茶だ。

無茶苦茶な暴論だ――。

「ゲイン、お前――」

「げ、ゲイン……」

二人の胡乱《うろん》な視線すらうっとうしいとばかりに手を振りかざすゲイン。

「うるさいうるさい！　見ろッ！　お、俺のユニークスキルがあれば、あんなやつなんざ――

食らえッ」

ユニークスキル【時空操作《タイマー》】発動ッ！

スキル――――『時間停止《タイム》』!!

『『『ギィェェエ――――

ピタ……！

まさに襲い掛からんとしていたアークワイバーンがピタリと動きを止める。

ゲインの無敵のスキル【時空操作《タイマー》】の本領発揮だ!!

「は、はは！　み、見ろ！　まだユニークスキルは通用する！　俺の【時空操作《タイマー》】ならやつを止められる――――イけぇぇえ！」

高笑いするゲインに、グレンとチェイルが顔を見合わせる。

「い、行けって、言ったって…………。お前のスキルじゃ、時間を止められるのは、せいぜい1～2秒じゃねーか！」

「そんなんじゃ、どうやってあれを――」

黙れッ！

「うるさい！　四の五の言わずに……」

――――ギェエッェェエエエエエン!!』』』

「「「ひぃぃぃいいい!!」」」

「うわわ……もう動き出した！　ゲイン！　もう一度止めろぉぉおお！」

何の意味もないゲインのユニークスキル。

当のアークワイバーンは時間を止められたことにすら気付いていないだろう。

「む、無茶言うなッ！　クールタイムがあることは知っているだろうが！　――――……えええい！　全員で攻撃しろぉぉぉおお」

それまでは連携が取れていたというのに、ミカが脱落し、
ゲインの指示が雑になったことで一気に形勢が逆転し始めた。

さらには、アークワイバーンが進化し、無傷で戦列に復帰したことで、もうすぐで終わると確信していた『特別な絆《スペシャルフォース》』の士気が崩壊し始める。

少しずつ追い詰めているという、精神的な柱が崩れ去ったのだ。

それは歴戦の戦士にとってもつらいもの。

さらに、一方的に押していたように見えて、『特別な絆《スペシャルフォース》』も無傷ではなかった。

ミカを失い、なにより、メンバー全員の疲労はピークに達していた。そして、それらを補う消耗品は湯水のごとく使いつぶしていたのだ。

高級《ハイ》ポーションに、
疲労回復剤。

強化剤《ブースター》に、

魔力の丸薬。

大金を費やして揃《そろ》えた数々の物資……。

そのストックが……今、尽きる――。

「おりゃああ!!　原子破壊《ブレイク》!　原子破壊《ブレイク》!!」

ある程度速射の利くユニークスキル【原子変換《アトミックチェンジ》】を立て続けに放つグレンに、

「ひるむな!!　脱皮直後なら、動きは鈍《にぶ》いはず――つっこめぇぇえ!」

『暴風』の二つ名を持つ傭兵《ようへい》のアベルが、部下を連れて再びアークワイバーンの足回りを攻撃し始める。

「「「うぉぉおおおおおおおッッ!!」」」

『ギェェッェエエエエエエエエン!!』

ドラゴン種は強力な魔物だが、機動力さえ奪ってしまえば勝てない相手でもない――。

「ぐわぁあ!」

だが、
増えた腕と増えた羽――そして、尻尾の一撃ッッッ!!

「「ぎゃあああああ!!」」

――パァン!!

数名の傭兵が一瞬にして血煙の中に消え、地面のシミと化してしまった。

予想外の位置からの攻撃に対処しきれなかった高Lvの傭兵たちが、あっけなく薙《な》ぎ払《はら》われ一気に戦線に穴が開く。

さらには、

「あ、アベル殿ぉぉぉお!!」

「……く、来るな、レイン！　――――ゲイン様の護衛に徹しろ！」

ぼた……。

ボタ……。

地面に転がる赤黒い何か――。

それは、まるで――。

「ア、ベル、殿――う、腕が……」

真っ青な顔のレイン。

同僚でもっとも信頼している歴戦の戦士たるアベル――――その武力を支えていた腕が、地面に……。

「く……。しくじった――」

アークワイバーンの鋭い一撃に、腕を奪われてしまったアベル。

何とか剣を杖《つえ》に起き上がると、生き残った傭兵を集めて円周陣を組む。

「レイン、聞け！　こ、これは負け戦だ！　こうなっては、もはや手が付けられん――――レイン！　お前はゲイン様を…………」

ズンッ…………！

「グ……、フ」

歴戦の傭兵であり、ゲインのクラン――『特別な絆《スペシャルフォース》』の戦闘部門を支える、縁の下の力持ちであったアベルは、ユニークスキルこそ持ちえないが、【剛力招来】という、筋力及び攻撃力の急上昇というレアスキルを持ち、……かつては戦場の英雄として知られていた猛者《もさ》だ。

その彼が――――。

「ぐが、ゴフ…………」

パタタ……。

地面に散る鮮血。

「ぬかった、わ……カハッ」

血の気を急速に失っていくアベル。

その体が、アークワイバーンの尻尾に腹を貫かれて、切っ先にぶら下がっていた。

「ば、ばかな――ア、アベルまでもが？」

ようやく、敵の強大さに気付いたのか、ドサリと地面に腰をつくゲイン。

「く…………。ここまで、か。げ、ゲインさ、ま」

わなわなと震える彼に、アベルがよろよろと手を伸ばす。

「……お逃げ、く――――グフっ……」

「ひぃ……！」

ガクリと首を落とすアベルを見て、ようやく事態の深刻さに気付いたゲインは顔面を真っ青に染めていた。

そして、周囲を顧みて顔を引きつらせる。

……そこには、呻《うめ》く高Lvの冒険者たち。

すでに、事切れているものも、地面にシミになっているものもいる。

かろうじて戦線が維持できてるのは、グレンとチェイルが健在だからこそだ。

「ゲイン！　おい、ゲイン！　これ以上はもたねぇぞ！」

「な、何とかして……よ！　このままじゃ……くぅぅ！」

彼らは遮二無二攻撃を繰り返すも、あっさりとあしらわれているが、それでも何とかもっている。

レインとシャーロットは互いに死角を補いつつも、消極的な戦闘に終始している。

「ばかな……」

最強のクラン、『特別な絆《スペシャルフォース》』だぞ?!

国内有数のユニークスキル所持者と、高Lvの冒険者を集めたパーティだぞ?!

それが――――……。

「ば、ばかな……！　バカな!!　バカナァァァァァ!!　ゆ、ユニークスキル持ちがこれだけ集まって、魔物一つ倒せないなんてぇぇぇえ！」

……どいつも、こいつも――――‼

「あああああああああああああ！」

ありえないだろうがぁぁぁああＡＡＡ！

「ゲイン様！　退きましょう！　これは……これは負け戦です‼」

女戦士レインは、アベルの言葉を守り、ゲインを脱出させようとする。

しかし、それが悪手だったことは言葉を発してから気付いた。

「ゲイ――――」

ハッ！　と顔を上げればゲインの表情が黒く濁っている。

内心しまったとは思ったがもう遅い。

そして――――。

ゲインがゆっくり顔をもたげると、

――負、け……？

「負け戦⁉　負け、だと？　…………この俺が⁈」

ぎぎぎぎぎぎぎ
「げ、ゲイン様！　今、退《さ》がらなければ――――全め」

バチィイイイン‼

「だったら全滅するまで、戦えやぁぁぁあああああ!!　戦え戦え戦え!　タタカエェェェ!!　戦いこそが傭兵の唯一の存在価値だろうがぁぁぁああ!　お前ら傭兵にいくら金を出していると思っている!!　全滅ぅ?　——知るか!!　アベルだろうが、知るか!!　傭兵が何人死のうが、冒険者が何人死のうが!!」

知るかぁぁぁあああああ!!

思いっきりレインの頬を叩《たた》くゲインは、彼女が口の端から血を流してもビクともしない様子にいら立ち、
ブチブチィ!!　と、レインの鎧下《ギャンベゾン》を引きちぎらんばかりに胸倉を掴《つか》む。

「きゃ!　な、なにを——」

その拍子に彼女の鎧の留め具がはじけ飛ぶ。しかし、そんな様子にも顔色一つ変えずにレインを睨《にら》むと、

……雑魚がッッ!!

「——ユニークスキル持ちさえ生きていれば、いくらでも再建できるんだよぉぉお!!」

「そ、そんな——……!」

「そんなもこんなも《い、い、い、》あるかぁぁああ!　負けだと?　この俺が負けだと……?」

ギロリと、負傷したクラウスを一瞥《いちべつ》するゲイン。

そのまま視線を泳がせ、

再び、自らの戦力を顧みる。
ミカ、
アベル、
死んだ傭兵たち――――……。
そして、アークワイバーン。
ああああああ、
「あああああああああ」
ああああああああああああああああ………。
あ――――――!!!
雑魚が!!
　雑魚が!!
　　雑魚がぁぁあああ!!
「クラウスが……。クラウスが見ているんだぞ!!　――――クラウスが!!」
使えない!
　使えない!!
　　使えないクズどもがぁぁあああＡＡ!!
「俺が……。俺が!!　お、俺が負けるわけないだろうがぁっぁあああ!!」

うがぁっぁああああああああああ!!!

「何のためにここを戦場に選んだと思ってるんだ、お前らはぁぁぁあああああ!!」

スキル認定式が近いことを考慮し、

大手団体のスカウトやギルド関係者が集まっているだろうこの町――!!

そして、なにより、

「クラウスのカスに俺たちが……。俺が一番優れていることを思い知らせてやるためだろうがぁぁぁあああ!!」

ああああああああああああああああああああああああ!!

誰にともなく咆哮《ほうこう》するゲイン。

地面を殴り、レインを殴り、虚空に向かって叫ぶ!

「そんな理由で……」

……こんな時でも、ゲインはやっぱりゲインだった。

椅子から体を起こし、滴る血を絞り出すようにしてクラウスは立ち上がった。

ヨロヨロと――。

「ばかや、ろうが……」

「お、お兄ちゃん……?」

死ぬ……。

みんな、死ぬ――――。

ゲインのエゴとプライドと見栄《みえ》のせいで死ぬ……。

クラウスとゲインの確執のせいで町が滅びる――……！

アークワイバーンの牙と尾と炎で、みんな死ぬッッ!!

「皆……皆が死ぬんだぞ……！」

ここで、

この場所で、

公平かつ平等に、

誰ひとり欠けることなく、間違いなく、みんなが――――!!

死――――。

『『『ギェェェッェエエエエエエエエン!!』』』

アークワイバーンの肯定。

やつは言う。

『そうだ！』と宣言する。

その咆哮をもって言う。

死ね

一切の容赦もなく死ね

――人が人であるというだけで死ね

『『ギエエッエエエン《死ねぇぇぇぇぇぇ》!!』』

叫びが哄笑《こうしょう》となり、

この場の誰もが死を覚悟した時、

それは、より現実的な形となって現れた。

「く、クラウス」

メリムが真っ青な顔で振り返る。

彼女のユニークスキル【直感《インスピレーション》】が警鐘を鳴らしているのだろう。

死がやってくる……と。

あぁ、言われなくともわかる。

これほど明確な殺意がほかにあろうか？

「――来る……！」

「お、おにい……」

……あぁ、クソッ！

ブレスが――――来るッ!!

さっきとは比較にならないそれが!!

――キィィィイイイン…………。

「なん、だよ、あれ……」

メリムが絶望し、ペタンと地面に力なくしりもちをつく。ジワジワと失禁したとしてもだれ一人咎《とが》めない。

咎められるものか。

「お兄ちゃん……」

リズは、静かにクラウスの手を握り締めた。

「あぁ……」

クラウスも呆然《ぼうぜん》としてリズの手を握り返す。

ただ、それしかできない。

アークワイバーンが練り上げる、強烈なエネルギーの奔流を見ているしかできなかった。

それは、口に湛《たた》えるだけで地面を溶かし、空気を焦がし、周囲の魔力を奪っていく死の奔流。

『『『ギェッェェエエエエエエエエエ』』』

人間の抵抗をあざ笑うかのようなブレスの一撃。

その予感をまざまざと見せつけるようにして、アークワイバーンが三口を開けてブレスを放つ予兆を示す。

それは、今までの「火」で「比」はないほどの魔力とオーラの奔流。

……まるで光の粒子を集めた小型の太陽だ!!

赤い炎と青い炎と白い炎は、
それらがない交ぜとなり、黒く——どす黒く変色していく。

「あれでケリをつける気だ……！」

三つ首になり、異なる魔力の奔流を練り上げ、相反する性質を一つの「破壊」というベクトルだけに絞ったドラゴンの炎《ブレス》。

これまでのブレスとは比較にならない規模のそれ——。

「あ、あはは。こりゃ、無理だよ。クラウスぅ……金返せなくてごめんよ」

メリムはすでに諦め、膝の間に頭を埋めて何も見ないようにしていた。

全てを滅ぼす。破壊の一撃!!

抵抗できるものはもはや——……。

「く……！　させるかぁ！　グレン、チェイル、シャー——ロット！」

ゲインは叫ぶ！

まだだ。まだ戦える、と——。

「お、おう！」

「わかってる」

「いくよー！」

それを見た『特別な絆《スペシャルフォース》』の面々は必死に妨害しようと攻撃を仕掛ける。

しかし、アークワイバーンもそれを心得ているのか、腕と尻尾を振り回し、ゲインたちを寄せ付けない。

「くそ！　近づけねぇ！」

「何とかしなさいよ！」

「何とかって、具体的に何だ‼」

必死にユニークスキル【原子変換《アトミックチェンジ》】を使い攻撃していたグレンと、局地的に低温を起こすブリザードを操り、様々な攻撃を繰り出す【天候操作《オテンキねえさん》】を操るチェイルの攻撃も全く功を奏していない！

その他のメンバーは、そもそも相手にすらなっていなかった。

それなりに効果があるのはゲインの【時空操作《タイマー》】と――……。

「えーい！『空間圧縮』ぅぅうう‼」

ぎゅ――――っ、と‼

グシャ‼　と、アークワイバーンの尻尾が巨人に握りつぶされたかのように潰れる。

意外にもシャーロットの【空間操作《スペーススポーク》】はそれなりに効果をあげており、アークワイバーンをして、うっとうしそうにかぶりを振っている。

だがそれも一瞬のことで、すぐに内側から盛り上がってきた肉によって損傷個所《かしょ》が回復していく。

【空間操作《スペーススポーク》】は強力無比だが、高威力ゆえにクールタイムも長く、また――逆に使いどころが難しいらしい。

「むー！」

シャーロットが可愛《かわい》らしく頬を膨らませて不機嫌にアークワイバーンを睨む。

だが、どうにもならない戦力差がそこにある。

「何をやっている!!　さっさとブレスを止めろぉぉぉお!!」

それでも、ゲインは仲間を戦いに駆り立てる。

もはや、経験値などの話ではない。これは彼のプライドの問題なのだ。

「戦え！　たたかえ、タタカエ――――!!　ユニークスキルの使い方は無限大ッ！　戦い方次第《しだい》だろ――がっぁああ!!」

『『『ギャォォォオオオオン!!』』』

そして、ここで初めてアークワイバーンがゲインを睨みつけた。

　『『鬱陶しい』』とばかりに。

「ひぃッ！」

それは、小癪《こしゃく》で鬱陶しい人間どものリーダーと理解してのことだろうか？

いずれにしても、

『『『ゴルルルルルルルルル……！』』』

ブレスを口に湛えて、

3本の首、
6個の目玉でゲインを射貫《いぬ》く。

「あ…………。あ……あ……――」

その殺気を真正面から見たゲインは、その場で言葉を失い。

半狂乱で叫んでいたことも忘れる。

「「あ……う……！」」

「「ひぃ…………！」」

彼を引き留めていたレインも、その場に集まっていた『特別な絆《スペシャルフォース》』の面々もその視線を受けてへたり込む。

これが……。

本物の恐怖――――。

最強種の放つ――――殺気……ッ‼

『『『ギィイイェェェエエエエン‼』』』

アークワイバーンからすれば、それほど強い殺気を込めたつもりでもないのだろう。事実、やつは直接攻撃にでることもなく、相変わらずブレスの溜めを継続している。

矮小《わいしょう》なる人間が黙り込んだならばそれでよし。

脅威たりえないと知るや否や、ニタリと笑った（そう見えた）アークワイバーンは、まとめてトドメとばかりにブレスに魔力とエネルギーを込める。
それはより一層大きく、高威力の奔流となり――――。
キィィィイイイイイン…………‼
――バチバチバチ……バチッ……！
ブレスが含む強大な魔力が周囲の僅かな魔素すら取り込んでいき、
引き込まれるように、フワァ……と瓦礫《がれき》や小石が浮かび上がる。
あとはもう、――――その放出を待つばかり……！
そうなったら、町は――。
人は――。
ゲインと『特別な絆《スペシャルフォース》』は、
そして、
……クラウスと、
リズは――――。
「――お兄ちゃん………」
ギュっと強く握り締められる手。
温かく、か弱い手――……。
「リズ」

大丈夫……――――守る。守るよ。

絶対守る。

俺が守る。

必ず守る。

だから、

「…………… 【自動機能《オートモード》】 起動ッ」

第11話「リズとクラウス」

「【自動機能《オートモード》】起動ッ――――……」

ブゥン……！

（スキル………）

――スキル『自動戦闘』!!

目の前に浮かぶステータス画面。

その先に透けて見えるアークワイバーンを見て、ブルリと震えるクラウス。

（あぁ……まさか）

――まさか、ドラゴン種相手にこれを使うことになるなんて。

（……そういや。一度だけ考えたっけ？【自動機能《オートモード》】の限界値としてドラゴンとの戦闘を――）

実際に検証してみないとわからないとまで考えていた戦闘が、今――まさにここにある。

スキル『自動戦闘』は現在のところ、無敵のスキル――。

発動すれば、必ず自動的に戦闘できる……。

そして、勝てる………はず。

だけど――。

それは人智の及ぶ相手に対してのみ、だけじゃないのか？
確かに、今まで戦ってきた敵はクラウスよりもはるかに格上のものもいた。
ロックリザード
　スケルトンジェネラル
　　レッサージャイアントフット
　　　蠱毒化《こどくか》グール
　　　　傀儡化死体《パペットボディ》の群れ――

どれもこれも、クラウス単独の力では絶対に勝ち目のない敵であった。

だが、それでも――……それでも、だ!!

それでも、まだ戦える敵であったと思う。

しかし、アークワイバーンは違う。

厄災の芽はそのどれとも一線を画す相手――。

……いや、そもそも、アークワイバーンはもはや、人智の及ぶ敵なのか？

高Lv冒険者が束になってもかなわず、
曲者《くせもの》ぞろいの『特別な絆《スペシャルフォース》』のユニークスキルですら、もはや通じない。

そんな。

そんな――――最強たるドラゴン種を相手に、たかだかＣ級程度の中級冒険者が挑んで勝てる？

「ははッ……」

無理に決まってる。

【自動機能《オートモード》】を使ったからといって、

別に肉体が強化されるわけでも、神のごとき魔法が使えるわけでもない。

ただ、

ただ、

ただ!!

ただの人間が……！

一人のクラウスという中級冒険者が、

自、動で、

最、適に、

最、善の、

結果を出すべく動くだけ――。

そう。自動で動くだけ――。

そんなもので――……。

「勝てるわけが――……」

『『ギェェェェエエエエエエエエエエン‼』』

アークワイバーンが吠《ほ》える。

『滅びろ、人間ども』……そういわんばかりに、ブレスを――圧倒的な暴力を叩《たた》きつけんとしてッ！

「……だから。だから、俺がやらなきゃいけないんだ――」

やらなければ皆死ぬ。

リズが死ぬ。

愛《いと》しいたった一人残された家族が死ぬ。クラウスの大事な女の子が死ぬ――――。

――――だから、戦う。

「……戦うよ、リズ」――そして、アークワイバーンよ！

だが、クラウスの覚悟など知ったことかと言わんばかりに、無情にもブレスが完成していく。

あれほど巨大な質量を誇っていたブレスの塊が急速に小さくなっていき、そしてアークワイバーンの眼前に浮かんだそれが豆粒ほどの大きさになり――――……。

キィィィインンンンンィィィ――――ィィィィィ…………。

と、小さく震え、まるで宝石のように強烈な光を纏《まと》って形を整えた。

それは一見すれば、消えたようにも、不発により発射が失敗したようにも見えるが…………違う。

不発なものか。

……あれは、嵐の前の静けさだ。

超々高濃度に圧縮された魔力の塊で、発射の合図を待つ、破壊の威力を込めた魔力の暴威の塊だ‼

させるか……！

させるか――――‼

させるものかっ‼

「……俺は――――リズを守るッッ！」

もう、

時間が――――ない‼

「ステータスオープン‼」

――スキル『自動戦闘』！

※　※

《戦闘対象：アークワイバーン》

⇓戦闘にかかる時――――

『『『ギェェェエエエEEEEEEエEEンンン⁇‼』』』

――――ブワッッ‼

「ぐぅッ……⁉」

グルンッッッッッ!!

突如!!

　突如!!

　　まさに、突如!!

クラウスが『自動戦闘』を発動し、アークワイバーンと対峙《たいじ》しようとしたその瞬間――――やつがものすごい勢いで、三つ首をクラウスに向けた。

その目!!

『『『ギィィエィエエエンエン!!!!』』』

ビリビリビリビリビリビリビリビリ…………!!

狂気と狂乱に濁った眼《め》は、
それはあたかも、天敵……いや、親の仇《かたき》にでも遭遇したかのごときッ！

全視線と
全神経と
全殺意を……！

クラウスただ一人に向けて、思いっきり睨《にら》みつけるアークワイバーン！

まるで、クラウスの思惑を感じ取ったかの如《ごと》くッッ！

「う、く…………」

その視線を浴びた瞬間、体が硬直する。

まんじりと視線を向けられたわけでもなく、目線が一瞬だけ交差したというわけでもなく‼

最強種たるアークワイバーンに本気の全力のありったけの殺意を向けられたのだ。

それも、さっきまでのどこか侮った視線ではない。

まさに………………本気で殺すと、

「あ、あ、あ……」

「ひ、ひぃぃ……」

たまたま近くにいただけのリズとメリムは、立ったまま失禁しブルブルと震えだす。

況《いわ》んやその殺意をまともに向けられたクラウスなんて――――。

「ぐ……う……！」おぇぇぇぇ……！

思わず膝をつくクラウス。

視線を合わせるどころか、指一本動かせない。

思考が恐怖に塗りつぶされていく……！

戦闘なんて、考えることもできない――――。

『『ゴォァッァァアアアアアアアア‼』』

そして、アークワイバーンは今度こそ容赦しない。

本気の一撃。

クラウスと、ついでにその周囲の町ごと焼き尽くしてやる！　とばかりにアークワイバーンが超ド級のブレスを放とうとする!!

もちろん、どこに放っても同じだが、それならばクラウスに直撃させ、全てを焼き尽くしてやるとばかりにッッ！

カッ――――……!!

アークワイバーンの顎から閃光《せんこう》が迸《ほとばし》る。

町を……人を……クラウス・ノルドールを滅ぼさんとして!!

（し、死ぬ――――…………）

死んでしまう――――!!

「なんで、」

……なんで俺を狙うんだよ――――――アークワイバ――――――――ン!!

「機、ここに来たれり……――――」

……え？

アークワイバーンのブレスが放たれる、まさにその瞬間。

誰かの呻《うめ》き声が聞こえてきた。

その、血反吐《ちへど》を吐くような、振り絞るような声…………。

クラウスは驚き、
リズもメリムも、
ゲインや『特別な絆《スペシャルフォース》』の面々も――――！

そして、なによりアークワイバーンが一番驚いていただろう。

『『『ギョェェェエエエ⁇』』』

それほどに、虚を突いた攻撃。

だが、アークワイバーンに睨まれていたクラウスにはよく見えていた。

その全身を――――……尾に貫かれて、息絶えていたはずの……『暴風』の二つ名で呼ばれていたベテラン傭兵《ようへい》の姿が……‼

「ぐぉぉおおお……‼」

暴風のアベル。

老兵は死なず――‼

『『『ギェエッェエエエエエン⁈』』』

メリメリメリメリ……。

体が引き裂ける音とともにアベルが地に足をつけて魂を削らんばかりに咆哮《ほうこう》するッ！

はぁぁぁあああああ！

「――【剛力招来】ぃぃぃぃいいいいいい‼」

うがぁぁぁあああああああああ!!

――ぶしゅううう……!

その老兵が最後の力を振り絞り、

全身から血を吹き出しつつも、

文字通り死力を使い、その瞬間まで待ち続けていた。

アークワイバーンがブレスを放つ、一瞬の隙を。

片腕を失い。

腹を、尾に貫かれ……内臓の大半を失った状態で、なおかつ――――。

この一瞬に懸けるとばかりに!!

「――どっせぇぇぇぇええええええい!!」

ブンッ! と、アークワイバーンの巨体が振れる!

『『ギェッェエエエエエエエ?!』』

まるで、買い物袋でも振り回すかのように、尻尾を基点として、地に足をつけた『暴風』のアベルがアークワイバーンの体をぶん投げて見せた!

「わはははははははははははは!!」

見たか、トカゲ野郎!!

生涯最高の一撃を放ったアベルが子供のように大声で笑った。

——その瞬間ッッ!!

発射直前であったブレスが、町ではなく天に向かって——————……!!

カッ————…………キュバァァァァアアアアアアアアア!!　————……放たれた!!

その余波。

その衝撃。

その熱!!

……だけど、

「は、外れた————?!」

ブレスは空に向かって放たれ、雲に大穴を開ける！

だが、直撃こそしなかったものの、一瞬にして真下にいたアベルを溶かし、発生した衝撃派と熱波が「辺境の町」をまとめて吹き飛ばしていくッッッ…………。

————ブワッッッッ!!

「きゃあああああああああ！」

「うわぁっぁああああああ!!」

ガガガガガガガガガガガガガガガガガガ!!

「「「ぎゃああああああああああ!!」」」

ゴロゴロと転がるリズとメリムたち。

一瞬だけ笑っていた『暴風』のアベルも消し炭となり、残された『特別な絆《スペシャルフォース》』の面々もその場に立っているのがやっとらしい。

……だけど、おかげで生まれた千載一遇の隙ッ！

やつを指定し、

必ず戦闘することができる無敵のスキル!!

………………『自動戦闘』を発動する隙ができた――――!!

……できたッッ!!

すぅぅ……。

「メリム、シャ――――ロット!!」

「うわああああ、え？　な、なに?!」

「いたたたたた！　く、クラウスぅ?!」

だから、クラウスは託す。

二人の信頼できる少女に託す。

クラウスの命を託す――――……。

――託すッッッ!!

リズを。

「――――リズを……頼むッッッ!!」

抱きしめていたリズを、優しさが尾を引くようにそっと流してメリムに預けると、

「「えええええ？　何する気⁇」」

はっ！　決まってんだろ――――。

ステータスオープン‼

――スキル『自動戦闘』！

ブゥン……。

※　※

《戦闘対象：アークワイバーン》

⇓戦闘にかかる時間「０３：２２：４５」

※　※

は

は……。

はははははははははははは‼

「アハハハハハハハハハハハハハハハハハハハハハハハハハハッ」

あはははははははははは！

３時間⁇

戦闘にかかる時間が、たったの「０３：２２：４５」だって？

「あーはっはっはっはっはっはっは！」

う、嘘《うそ》だろ……？

あのアークワイバーンを３時間で倒せるっていうのかよ？

い……。

　い……。

「――いかれてるぜっぇぇぇええええええ！」

スキル『自動戦闘』ってのは、よぉぉぉおお！

「マジで……」

マジで、

アークワイバーンを倒せるってぇぇええ？

こ、この、この俺が⁈

Ｃ級冒険者のこの俺が――――………⁉

「たったの３時間の戦闘で、あれ《い》を倒せるってぇぇえええ？」

わは

　わははははははははははははは‼

　　わはははははははははははははは‼

「あ——はっはっはっはっはっはっはっは‼」

ア、アークワイバーン《超上級モンスター》相手に！

C級冒険者のクラウス・ノルドールが！

あの厄災の芽に、

　あのドラゴン種に——……。

　　この、クラウスが戦闘を挑めるという‼

ははははははははははははははははははは——

「————————……はー」

ほんッと、

どんっっっっだけ、規格外なんだよッ。

【自動機能《オートモード》】は、よぉぉ………！

できるっていうならよぉ……。

戦闘できるっていうならよぉ……！

あれを倒せるっていうならよぉ……!!

やってみせてくれ、【自動機能《オートモード》】!!

（…………この俺をアークワイバーンに勝たせてくれ）

そして、やつを殲滅《せんめつ》し、この町を――。

リズ《俺の全て》を守ってみせろ！　スキル『自動戦闘』！

「すぅぅ……はぁぁぁ……」

ゆっくりと呼吸し、気を静めるクラウス。

覚悟を決め、目標を定め、

発動の直前に、クラウスは一度目を閉じ――――そして、開いた。

く、

「……クラウス？」

「メリム、行ってくる」

ガシガシとクソガキメリムの頭をかき混ぜる。

「……クラウスぅ～？」

「シャーロット、行ってくるな」

腰にしがみついてきたシャーロットの頭を優しく撫《な》でる。

そして、仲間に出撃を告げたクラウスはそうっとアークワイバーンを見上げた。

アベルにぶん投げられたもののいささかも脅威の薄れていない三つ首の飛竜。アークワイバーン。

その黒い巨体に勝てるビジョンなどクラウスには全く浮かんでいなかったが、恐怖はもはや感じない。

それでも。

それでも、だ。……もしかすると、『自動戦闘』にも限界はあるかもしれない。

いくらなんでも、クラウスごときがアークワイバーンを倒せるとは思えないからだ……。

思えないんだけど、

……どっちみちこのままではみんな死ぬ――……それくらいなら、クラウスのスキルを信じてみてもいいかもしれない。

その代償として、『自動戦闘』を信じたが最後。発動後――意識を失った後……二度と目覚めないかもしれない。

それくらいにアークワイバーンは強大だ。

「……く、クラウス――。お、お前？」

かつて、ホンの少しだけ『特別な絆《スペシャルフォース》』に所属していた時世話になった女戦士。

彼女が呆然《ぼうぜん》とクラウスを見上げ、

主人に叩かれ赤くなった頬を押さえながらクラウスに小さくつぶやく。

「レインさん、…………行ってきます」

「……く、クラウス、てめぇ！」

「……クラウス、アンタぁぁあ！」

かつての同僚で、同じユニークスキルの保持者たち、グレンとチェイル。

相変わらず傲慢な態度でクラウスを睨んでくる。

「ふっ。グレン、チェイル、…………行ってくるぜ？」

嫌味な連中だ。こんな連中まで守る必要があるのかって？

……そんなもん、ついでだついで。

そして、

「……く、クラウスぅぅぅうううううう!!」

「――ゲイン………………お前は、見とけ」

クラウスに、最大にトラウマを刻んでくれたクソ野郎。

相変わらず尊大でクソ嫌な野郎だけどな……。

それでも、

…………俺は戦う。

「お、おにい……ちゃん？」

リズのために戦う！

「――リズ。行ってくる」

ポンッとリズの頭に手を置き、ニコリとほほ笑む。必殺リズ騙《だま》し……。

「い、行くって？　どこに」

「え？　そ、そりゃ……。ちょっと、そこに。ほんのすぐそこだ」

――ドズゥゥゥウウンン……!!

と、ちょうどそこにアークワイバーンが降ってくる。

『『ギィエィエィエェエエエン!!　ギィェイェエエエン!!　ゴァァァアア!!』』

ぶん投げられたのは初めてだろう。

しこたま背中を強打し、ゴロゴロと転がり暴れる。

家屋を破壊し、滅茶苦茶《めちゃくちゃ》に体を捩《よじ》ってもだえる――。

だが……。

『『……ギ――――』』

だが、ふと気配に気付いたようにピタリと動きを止めると、恐る恐る顔を上げるアークワイバーン。

そして、クラウスと目が合うと――……。

『『ギィエィエィエェエエエエエエエン!!』』

来るなと言わんばかりに必死で叫んでいた。

だが、アークワイバーンの咆哮もリズとクラウスの邪魔をできない。

二人はチラリと視線を向けると、すぐに興味を失い互いに見つめあう。

「ほら、いつものやつさ」

「いつもの？　す、すぐそこって？　……や、やだよ。いやだよ‼　いかないで！」

リズがクラウスを抱きしめ、胸に顔を埋める。

「そう言うなよ。……ちょっと、新参者にこの町流の挨拶ってやつを教えてやろうかってね」

「す、すぐ？　ほんとに、すぐ戻ってくるよ、ね？　すぐ――」

ん。

「……あぁ、夕飯にはギリギリ間に合うと思う。だからさ、」

「う……ゔん」

だからさ、

「飯――作って待っててくれよ。いつもみたいに、さ」

ゔん
…………リズは、もう止めない。

彼女はクラウスをよく知っているから止めない。

何をして、

何を成そうと、

何をやろうと――――……クラウスが信念を持って動く時、それが悪事でない限り……リズは止めない。

だから、そっとクラウスはリズの頭に口づけし、そっと離れる。

……この子を守るためにッ！

「じゃ――――また、飯時に！」

ゆっくりとリズに背を向けたクラウスは、静かに瞑目《めいもく》し――――。

そして、目を開くとアークワイバーンに向き直る。

「待たせたな……」

そう。たった一人で立ち向かうために……！

ナイフ一本ぶら下げて、とても強そうには見えないC級冒険者のクラウス・ノルドールが今

――――！

「いくぞ、アークワイバーン!!」

――戦う!!

「「「「クラウスぅぅぅうううう!!」」」

誰かの叫び。

焦り、憎しみ、嫉妬、歓喜、希望、羨望、そして憤怒《ふんぬ》と恋慕。

全ての感情がないまぜになった声援を受けて――――。

……クラウスの意識は飛ぶ。

気絶でも、

死亡でも、

……ましてや逃げたわけでもない。

戦うために、

闘うためにッ、

……厄災の芽と、

……最強の竜種と、

かの、アークワイバーンと戦うために！

――自動で……。

……一度戦った相手と、必ず自動的に戦闘するために‼

よぉ……、トカゲ野郎。

「……はじめて人の町に来たらさぁ――――まずはパイセンに挨拶だろうが、ああん⁉　このくそトカゲがぁっぁああああ！」

って、筋肉のパイセンが言ってたぜ？

ニィッ。

『『ギ、ギ、ぎ、ギィェッェェエエエエエエエエエエエエエエンン!!』』

アークワイバーンの声が………。

恐怖に染まるッッッッ!!

3本の首を振る!!

来るな、来るなと首を振る―――……!

本能から知っているのだ。

こいつは強敵だと――……。

こいつには勝てないと――………。

だから――――!!

だから、この町の、ここに来た……!

ゲインに追われ、追い込まれたが、どうってことはないと思っていた。

だが、なぜか本能がここに危機があると告げ……。通りすがりに倒さねばならんと感じたのだ――。

かつてシャーロットが、クラウスをして――強者の匂いがすると言ったように、わかるものにはわかる！

こんな見た目で、こんなちっぽけで矮小《わいしょう》で、最初はただの雑魚だと思った。

だが、こんな規格外だとはアークワイバーンにも想定外。

クラウス・ノルドール。
ユニークスキル【自動機能《オートモード》】
たったそれだけ。
それしか、持っていないけれど――――……。
恐れているのだ。
あの、クラウスを恐れているのだ――――……あのアークワイバーンが、だ!!
「さて」
幕引きにしようか……。
すぅぅ……。
「――――自動戦闘、発動ッッ」
『『『ギ、ギギギギ、ぎ、ギィェッェェエエエエン！』』』
恐怖の叫びを上げ首を振るアークワイバーン。
来るな、来るなと、
厄災の芽が――――クラウスに恐怖し、
フッと、
いつもと同様に意識が飛ぶ――――……そして、

第12話「それは瞬きの間に」

――――……………そして、次に気が付いた時には、

「ゲホッ！　ゴホッ、げぇぇ……！」

げほ、ごほ!!　おぇぇぇぇぇえええ!!

ガッツ――――ン！　と殴られたような衝撃とともに、クラウスはガクンと両膝をつく。

腕には力が入らず、全身の筋肉が悲鳴を上げてブルブルと震える……。

オマケに胃がひっくり返りそうなほどの嘔吐《おうと》感！

「げぇぇええええ……」

ビチャビチャと情けなくも吐き戻す。

体を襲った負荷はこれまでとは比較にならないものだった。

冗談でも比喩でもなく、指一本でも動かせばバラバラになりそうなくらいの疲労と筋肉痛。

だけど、そんなことよりも今は――！

「はぁ、はぁ、はぁ…………ア、アークワイバーンは?!」

それでもクラウスは顔を持ち上げる。

戦いの結果を見届けるために、体に鞭《むち》打つ。

クラウスの【自動機能《オートモード》】は、あの強大な敵に打ち勝つことができたのだろうか？

焦点の合わない視界の先に――……。

ズ、ズズ……――ドズゥゥゥゥウウウウウン…………！

と、凄《すさ》まじい地響きを立てて、バラバラになったアークワイバーンの体が地に墜《お》ちる。

濃密な血の臭いとともに、もはやピクリとも動かぬその体を見て……。

う、

「嘘《うそ》だろ…………？」

ヨロリと後退《あとずさ》るクラウス。

途端にビキビキと筋肉が軋《きし》みをあげるが、必死で耐えるとグッと立ち上がった。

（し、信じらんねぇ……！）

「か、勝った……？」

……勝ったのか、俺?!

地に伏せるアークワイバーンはズタボロで、首が全てない。

そこに、クラウスの勝利を裏付けるかのように、ドサッ、ドサッ……！と、上空からアークワイバーンの３本の首が降り注いだ。

どれもこれも、まるで切り落としたてのトカゲの尻尾のように、ビクンバタンッ！　としばらく暴れまわっていたがそれもじきに動きを鈍くし、それは、徐々に眼《め》の光を失い息絶え――最後の最後に『ギェェ……ン』と断末魔の呼吸を漏らしたかと思うと、ついにピクリとも動かなくなった。

当然のことだが、クラウスには全く記憶がない。

どうやって倒したのか、本当に自分ひとりで倒したのかもわからない。

ただ、事実だけが目の前にある。

地に臥《ふ》す——黒い体皮の巨体。

あの、アークワイバーンの討伐を成したということ……。

……これを。

……俺が？

「——ほ、ホントに、俺が？」

ざわ……。

　ざわざわ……！

　　ざわざわざわ——!!

さざめきのように、どこかで驚愕《きょうがく》の声がしている。

クラウスの偉業に驚く声が——。

もはや、あのドス黒い竜の体はピクリとも動かない…………。

「か————……」

勝った——……!!

勝った…………!!

「勝ったぞぉぉっぉぉぉっぉおおおおおおおお!!」

※　※　※

クラウス・ノルドールのレベルが上昇しました《レベルアップ》
クラウス・ノルドールのレベルが上昇しました《レベルアップ》
クラウス・ノルドールのレベルが上昇しました《レベルアップ》
クラウス・ノルドールのレベルが上昇しました《レベルアップ》
クラウス・ノルドールのレベルが上昇しました《レベルアップ》
クラウス・ノルドールのレベルが上昇しました《レベルアップ》
クラウス・ノルドールのレベルが上昇しました《レベルアップ》
クラウス・ノルドールのレベルが上昇しました《レベルアップ》
クラウス・ノルドールのレベルが上昇しました《レベルアップ》
クラウス・ノルドールのレベルが上昇しました《レベルアップ》
クラウス・ノルドールのレベルが上昇しました《レベルアップ》
クラウス・ノルドールのレベルが上昇しました《レベルアップ》

クラウス・ノルドールのレベルが上昇《レベルアップ》しました
クラウス・ノルドールのレベルが上昇《レベルアップ》しました
クラウス・ノルドールのレベルが上昇《レベルアップ》しました

※　※　※

「う、うぉぉぉぉおおおおおおおお!!」

全身を駆け巡るレベルアップの高揚感にクラウスが勝利を実感し、痛む体に鞭打って両手を突き上げる。

俺が……。

あのクラウス・ノルドールが――――。

「アークワイバ――――ン、獲《と》ったぞぉぉぉおおおおお!!」

や、
や……。

やった……!!

「やっっ
「「――――クラウスぅぅぅうううううううう!!」」

ドッスゥゥゥウウウ……！

　ボッスゥゥゥウウウ……！

「ぐっほぉ！」

渾身《こんしん》のガッツポーズを決めようとした瞬間、何か二つの小さなものが砲弾のようにクラウスの腹部に命中した。

「うぉぉおおおおえええええ……！」

そして、くの字に折れ曲がるクラウス。

「あ」

「あ」

だめ、……出るっ。出ちゃうー。

――げろぉぉぉおお……！

「「ひゃああ！」」

びちゃびちゃビチャ……！

「うわっ！　きったね～!!」

「きゃ！　ク、クラウスばっちぃ！」

腹に顔を埋《うず》めたまま、メリムとシャーロットがクラウスを押し倒し抗議の声を上げる。

だけど、ね。

君たちね――――。

「て、手加減しろ、よ……」ウップ……。

オロロロロロロロロロロロロ……!!

突っ込んできたのは砲弾ではなく、ちびっ子女子《じょし》ーズのメリム&シャーロットだ。

『自動戦闘』直後は、体を限界まで酷使しているのだ。

しかも、アークワイバーン戦は、これまでで最大級の戦闘時間……。

――こ・れ・は・キ・ツ・イ!

ぶっちゃけ、今すぐにでもバラバラになりそうなくらい体が悲鳴を上げている。

地に伏したまま一歩も動けなくなったクラウス。文字通り、正真正銘、体力を使い果たした――……。

「ご、ごめん……。まさか、本当に倒すなんて」

「クラウス、強い！　やっぱり強いよ～」ぐりぐりぐりぐり
は、はは……。

「俺も、自分でも信じらんねぇ……」

っていうか、どいて。

マジで死んじゃう……。それにクラウスとしては、一番に会いたい人が――――……。

「あ、」

そうだ‼

この二人が無事ってことは――――……‼

「…………リズっ！」

弾《はじ》かれたようにクラウスが顔を上げると、その瞬間！

バッチィイイイン！

「バカぁぁぁあ‼」

「あだぁ！」

グルンと顔が反転するほどの凄まじいビンタのクリ――――ンヒット。

目の前がチカチカとして視界がホワイトアウトしかける、が。

それよりも前に、ガシッ、と顔全体を柔らかな何かに包まれる――。

その瞬間、フワリと良《い》い香りがクラウスを包み込み、不思議と安堵《あんど》感に包まれる。

何かに包まれたクラウスの視界は暗く閉ざされてしまうが、全く恐怖はない。

それどころか、その力には悪意などなく――むしろ親しみすら覚える。

……だってそうだろ？

それは、汚れて、汗ばんでいて、埃《ほこり》と煤《すす》の臭いがしたけど……。

「…………リズ？」

――優しく、温かく、リズの匂いがした。

その柔らかなリズの温《ぬく》もりを堪能《たんのう》していたクラウスであったが――――。

「ばか!!」

り、リズ？

「ばか!!　ばか!!　ばか――――――!!」

ぎゅううううううううう!!　ゴリィ……。

「おっふ…………！　――――リズ？　いたたたたたた！」

出る出る出る。

はみ出るからぁぁぁあ!!

「ばか、ばか、ばか、ばか、ばか、」

何かが出ちゃうぅぅううう!!

「ばかばかばかばかばかばかばかぁあああああああ!!」

いだい、いだい、いだい!!

り、リズさん?!

「ぎぶ！　ギブギブ!!　ギブぅうう!!」

――ぎゅうううううううううう!!

リズさん？　リズさん?!　おっふ、ギブアップです！　マジ勘弁して!!

「痛いいたい、いたい!!　ほんとに痛いんだよ、リズぅ！」

滅茶苦茶《めちゃくちゃ》痛い…………。

め、滅茶苦茶痛い‼

痛い痛い痛い痛〜〜〜〜い！

「うるさい！　バカお兄ちゃん！　痛いのは生きてるからだよ！　生きてるから痛いんだよ！　バカぁ‼」

「わかった！　わかったから、い、いいいい、痛いって‼　ちょっと、リズさん？　お、お兄ちゃんね！　いま、全身筋肉痛なの。無茶苦茶な機動をしたせいで身体《からだ》は限界寸前なの⁉　頭とか罅《ひび》が入ってるかも――いだだだだだだ」

だ、だから――‼

（や、やめて！　クラウスさんのＨＰはとっくにゼロです‼）

「ばかぁぁぁぁああああああ！」

ぎゅぅぅぅうううううう‼　メリッ。

「い、」

――いってぇぇぇえええええ‼

手加減しないリズの抱擁にクラウスは本気で悲鳴を上げる。

だけど、

それだけに、リズの苦悩と心配と安堵が伝わってきた。

「し、心配したんだから!!　無茶苦茶心配したんだから!!!」

ひっく、ひっく。

「ごめんって、リズ――――……だけどさ、」

「ば……か」

バカってばっかり言わないでくれよ――。

「か、勝てるわけないじゃん!!　ド、ドラゴンにお兄ちゃんが勝てるわけないじゃん!!」

いや、勝ったっちゅーに……。

「よ、弱いくせに!　お、臆病なくせに……!」

「そ、そうだけど――――」

「いつもいつもいつも!　ヘタレのくせに、ビビりのくせに!　スケベなくせに、ムッツリなくせに!!　か、カッコばっかりつけて!　無茶ばっかりして!」

「え……」

…………いや。

いやいやいや!!　途中の関係なくない?!

スケベとか、ムッツリとか関係なくない?

なくなく、なくなく、なくなくな――い?!

「――……独り言大きくて、誰もいないところで元気よく空気とお喋《しゃべ》りばっかりして、」

え、ちょっと……。

「――……寝言も大きいし、外では時々叫んでるし、友達もいないくせに、」

ちょ、ちょっとやめてリズさん。

「……――くせに、くせに、くせにぃぃぃ!!」

イタイイタイ、心が痛い、リズさぁん!!

(………いや、もう。それただの悪口やん!!)

ひ、独り言も一人でいる時しか言ってないよ?!

それに!

「………と、友達おるわ――――い!!!」

――嘘だッ!!

「う、嘘ちゃうわ!」

「嘘だもん。お兄ちゃん、いつだって一人だもん! …………一人で何でもやろうとして! 格好ばっかりつけて! いつもいつもいつも、私のことばっかり、私のために、私のせいで――自分を、」

リズ――。

「わ、わた、私なんか――なんか……」

り、リズ?

「わ、わた――――ぅわぁあぁ…………私なんかぁっぁあああああああああああ!!」

リズ……違う!

それは違うぞ――――!

「う、うわぁぁぁぁああん! わっぁぁああああああ!!」

リズ!!

「リズ!!」

泣くなよ、リズ……!

グスグスとしゃくりあげるリズが抱擁を解き、クラウスの顔を両手で包んで正面から見つめた。

「――な、泣いてないもん! 馬鹿お兄ちゃん……」

「はは、知ってる」

泣きじゃくるリズを慰めたくて言葉を探すクラウス。

だけど、こんな時に気の利いた言葉が出るほど、クラウスはコミュ力が高くはない。

(あーと、えーっと。……あ、そうだ)

だから――。

「な、なぁ! は、ほら。ゆ、夕飯に……間に合っただろ?」

リズが、音がしそうなくらいの勢いで顔を持ち上げる――その表情たるや。

「お、お夕飯?! こんな時に、ば、バカぁぁぁああ!! ――――も、もう、」

精一杯茶化すクラウスであったが、当のリズは直視できずに、プイっとそっぽを向いてしまった。

「と、とっくに夕飯、冷めちゃったよ――……」

そういって、涙で腫らした顔を何とか笑みに形作りながら和らげるリズ。

実際は、夕飯が冷めたどころか、家ごと吹っ飛んでしまって周囲は瓦礫《がれき》の山。……飯どころではないのは明白だけど――。

だけど、こういうのは雰囲気ってやつだろ？

「ゴメン――。次からはもっと早く帰るからさ」

「うん……約束だよ？」

「あぁ、約束する――……ただいま、リズ」

「――お兄ちゃん！　うん、うん‼!　おかえり、お兄ちゃん！　よかった。よかった。よ、よかったぁぁああ‼」

うわぁぁぁあああああああん‼!

ようやく、納得してくれたのか、今度は感極まったように、首に腕を回して頬を合わせて泣き出すリズ。

その顔はグッチャグチャだったけど――。

あの可愛《かわい》い顔が、

涙と鼻水と煤と埃と血となんだかよくわからないゴミで、凄《すご》く小汚かったけど……！

この世で一番――――美しかった。

抱き着くリズに軽く腕を回し、頭をポンポンッと叩《たた》いてやる。

……必殺リズ騙《だま》しだ。

「なぁ、リズ」

「ん」

まだ泣いている。

「…………勝ったよ」

「うん」

「驚いたか？」

「うん」

「あー……俺、カッコよかったか？」

「……………………うん」

……………って、なんでそこだけ長いねんッ。

――やっぱ自動戦闘中の俺って、白目でも剝《む》いて戦っているのだろうか。

ほんと、客観視できないのは怖い。

「ま、まぁ…………お前が無事でよかった」

ポンポン。

軽く彼女を引き離すと、その額に唇を落とし——最後にポスッ。とリズの頭に手を置き、撫《な》でてやる。

「ばかッ……！　わ、私こそ——お、お兄ちゃんが無事でよかった」

よかった……。

よかった——。

「よがっだぁぁぁああ……」

うわぁぁぁあああああああん！

　うわぁぁぁあああああああん‼

「あ、」

まーた、泣いちゃった。

「うわぁぁぁっぁあん、うわぁぁっぁあああああん」

「あー、あー、あー、でっかい声で、まぁ——」

わんわんと泣くリズをあやすクラウス。

もう15歳にもなるのにな——と途方に暮れる。

「あ、クラウスー。クラウスが泣かしたー」

「クラウスー。女の子泣かしちゃだめー」

いや、不可抗力やん。

どないせぇちゅうねん!!

メリム&シャーロットのちびっこ女子ーズに責められ天を仰ぐクラウス。

おまけに……。

「っていうか、ちょっと、くっ付き過ぎじゃね?」

「うん。クラウス不潔ー」

…………なんでやねん?

メリムはなぜか唇を尖《とが》らせているし、

シャーロットは羨ましそうに唇に指をあてている。

(うるせぇよ!　子供か、君らは――――!!)

って、まだ子供だったな……。

いやさ、そもそもさ……。

「さっきから何言ってんの君ら?　羨ましいも、不潔もなにも、リズは義妹、やっちゅうねん!」

ただのスキンシップやがな!!

……そもそも、何なの君ら?!　YOU《君たち》は、聞く耳もたない子ですか?

――――あーもう……。

「…………どっと疲れたぜぇぇ」

ドサッ。

いや、ほんと…………。

夕暮れが迫るなか、どす黒い体のアークワイバーンの死体を背景に、クラウスは地面に横たわる。

その隣にはリズがいて、メリムとシャーロットがいて…………。

やかましいほどであった警鐘もいつの間にか鳴りやんでいる。

周囲がやたらと静かなことは相変わらずだが、脅威はもはや感じない。

「…………ったく、酷《ひど》い一日だった」

本ッ当、なんて日だよ。

「うー……これで終わりかぁ？　もうヘトヘトだぜぇ」

そこに頭合わせにメリムもドサリと倒れる。ゴチン！

「いで！」

「あ、ごめ！」

そっと触れる指先。

「……助かったぜ、メリム」

「ん。い～ってことよ」

ぎゅっと軽く彼女の指先を握り締める。

そこに、

「む……！」

ゴロ～ン、となぜかリズも倒れこむ。ゴチン！

「いたいッ」

「ごめ～ん」

悪びれていないリズの声。なぜか、空いた方の手をぎゅ～っと握られる。

「リズ……。無事でよかった」

「……うん。お兄ちゃんも」

それを見ていたシャーロットまでもが地面に転がる。

「あーシャロットも寝るー」ゴチン！

なんでやねん！

「だから、痛いって！」

そして、空いた手がないので、シャーロットはなぜかメリムとリズの手をギュウギュウと握る。

……だから、なんでやねん！

「えへへ」

「ははは」

「「「あははははははははははは！」」」

４人で頭合わせに転がり、空を眺める。

赤い夕焼け空から紫に代わり、徐々に薄暮時へと暮れなずむ――。

エピローグ「あれ……？　俺のこと『いらない』って言ってませんでした？」

ひとしきり笑い続けたクラウスと女子ーズの３人。

しかし、ふと違和感に顔を起こす。

……………………って、あれ？　なんか視線が――――……。

ソローっと周囲を見渡したクラウス。

そこには、アークワイバーンの死体と、瓦礫《がれき》をかぶって呆然《ぼうぜん》としたゲインたち。

そして………。

あ――。

「「う、うぉぉぉおおおおおおおおおおおおおおおおおおお!!」」

「「す、すげぇっぇえええええええええええええええええ!!」」

「か、勝った……！　勝ちやがった!!　あ、あの万年下級冒険者のクラウスが!!」

「ベテラン下級冒険者のクラウスが!!」

「あのダメスキルのクラウスが――」

うぉぉおおおおおおおおおおおおおおお!!

すげぇぇぇぇぇぇええええええええええええええ!!

「な、なんだぁ?!」

「きゃ?!」「ひゃあ！」「わー、すごい人」

どわぁぁっぁあ！

　どわあああああ！

　　どわああああああ!!　と、町中に轟《とどろ》く大声量が巻き起こった！

「こ、これ……！　町中の人か？　それに、スキル認定式に来たスカウトの人たち？」

そりゃそうだ。

なにせ、ここは辺境の町のど真ん中……。住宅街だ。

ボロボロの格好をした衛兵たちに冒険者。それに避難が遅れた町の人々もいて、それだけでなく、数日後のスキル認定式に備えて町入りした上級冒険者のスカウトや、騎士団に大手クランのスカウトの姿も見える。

「なんだ！　さっきのは！」

「す、すごい！　すごいぞ……！　か、彼はいったい?!」

「し、信じられん……。人間の動きなのか、あれは?!」

「おい！　すぐに本部に連絡だ！　送金を急がせろ!!　だ、大ルーキーの誕生だぞ！」

わーわーわー！

わーわーわー！

「ええぃ！　どけ！　き、君ぃ！」

そして、突如ガシリと手を握られるクラウス。

でっかい体つきで、筋骨隆々！　いかにも強者然とした冒険者だった。

「わ、我々は、王都で冒険者活動をしているクラン『宵闇旅団』である！　ぜ、ぜひともウチに――」

「あ、ずるいですぞッ！　抜け駆け厳禁、厳禁んんッ！」

「やかましい！　早い者勝ちだ！　おい少年ッ！　ぜ、是非とも、我が騎士団に！　名誉と給料は思いのままだぞ！」

「ちょ、ちょっとまてまてー！　かび臭い騎士団はすっこんでろ!!　俺たちS級冒険者の――いでで、押すな押すな!!」

ぎゃーぎゃー！

ぴー！　ぴー！

「は、はは。すごい人気だなクラウス」

「お兄ちゃん、これって……？」

メリムが苦笑いし、リズは首をかしげている。

無理もない。クラウスがこんなに絶賛されている光景は――……実に3年ぶりだ。

どうやら、自動戦闘で長時間戦闘しているうちに見物客が集まってきたらしい。

クラウス自身にはどうやって戦っていたのか全く記憶にはないのだが、それは壮絶な戦いだったのだろう。

町全体を巻き込んだアークワイバーン戦を町中の人間が見ていたのだ。

そして、数日後のスキル認定式を見越して町に入っていたギルドや騎士団のスカウトたちの目にも当然留まったというわけ。

彼らの目的は、もちろんスキル認定式に現れるであろうユニークスキル持ちなどの新人だが、それよりも先に有望な冒険者が見つかれば当然唾をつけるだろう。

そしてまさにいま――どこにも所属していない、クラウスが颯爽《さっそう》と現れたのだ!!

争奪戦が起きないはずがない！

それは、かつてのクラウスが、ユニークスキル【自動機能《オートモード》】を得た時と同じように……。

「あらあら、大人気ですね。クラウスさん」

「あ、ギルドマスター！」

そこに現れたのは辺境の町のギルドマスター、サラザール女史であった。

背後にはテリーヌなどのギルドの職員や町の冒険者を従えている。……全員武装しているところを見るに、アークワイバーン戦に備えていたのかもしれない。

「……今さら現れてごめんなさいね。あまりにも急だったので対応が後手に回ってしまったわ」

「い、いえ……ギルドマスターが悪いわけでは、いでで！　ちょ、何すんですか‼」

「我々と一緒に」「いやいや、我が騎士団に！」「ちょっと待てよ、俺たちS級クランの『黎明《れいめい》の剣』にぃぃ！」

いだだだ！

ちょ、いい加減に！

人が話していてもお構いなし。スカウト連中の勢いといったらまぁ……。

「……明日から、アナタの生活は一変しそうですね。中級新人から、いきなりの大型ルーキー。ふふ、いいじゃないですか」

「いえいえ、もう懲り懲りですよ……。俺はボッチがいいです。ですから、皆さん――」

ギューギュー押し合い、クラウスに食らいつかんばかりに攻め寄せるスカウトたちにきっぱりと言い放った。

「……俺のこと、もうお忘れですか？　確か、以前皆さん言いましたよね？」

……俺のこと、「いらない」って――。

※　クラウス・ノルドールの現在のステータス　※

レベル：63（UP！）
名　前：クラウス・ノルドール
スキル：【自動機能《オートモード》】Lv4
Lv1⇓自動帰還
Lv2⇓自動移動
Lv3⇓自動資源採取
Lv4⇓自動戦闘
Lv5⇓？？？？

●クラウスの能力値
体　力：405（UP！）
筋　力：272（UP！）
防御力：226（UP！）
魔　力：154（UP！）
敏《びん》捷《しょう》：277（UP！）

抵抗力：　１０７（ＵＰ！）
残ステータスポイント「＋１１５」（ＵＰ！）
スロット１：剣技Lv５（ＵＰ！）
スロット２：気配探知Lv４（ＵＰ！）
スロット３：下級魔法Lv１
スロット４：自動帰還
スロット５：自動移動
スロット６：自動資源採取
スロット７：自動戦闘
スロット８：なし（ＮＥＷ！）

●　称号「ドラゴンスレイヤー（ＮＥＷ！）」
⇓竜族に対してダメージ＋20％、
　竜被害を受けた人々からの好感度が自動的に上昇
○　臨時称号「田舎の英雄（ＮＥＷ！）」
⇓地方小都市での功績を称《たた》えるもの。

しばらく町の人々から賞賛され、商店では割引されることがある。

（行動と人格が伴えば、称号化する）

※　※　※

ポイン♪


スキル取得：「火属性耐性Lv１（ＮＥＷ！）」

「水属性耐性Lv１（ＮＥＷ！）」

「風属性耐性Lv１（ＮＥＷ！）」

「闇属性耐性Lv１（ＮＥＷ！）」

「光属性耐性Lv１（ＮＥＷ！）」

「立体機動Lv１（ＮＥＷ！）」

「ドラゴン斬りLv１（ＮＥＷ！）」

スロット枠（拡張！）


ポイン♪

――スキル【自動機能《オートモード》】の拡張機能がアンロックされました。

あとがき

拝啓、読者の皆様。ＬＡ《ら》軍《ぐん》です。

皆様、まずは本書をお手に取っていただきありがとうございます。

本書で初めての方は初めまして！　ＬＡ軍と申します。

ダメシリーズ3巻でございます。本作はお楽しみいただけたでしょうか？　少しでもお楽しみいただけていれば作者として、嬉しく思います！

さて、本シリーズは、私にとっては書籍6作品目の続刊であり、作者としても3巻目を出せたことは無上の喜びです！　それもひとえに応援してくださった皆々様のおかげであると思い、大感謝の気持ちでいっぱいです。今後ともよろしくお願いします。

さて、本作品について少し。今回は、ダメスキルの見せ場が最高潮に盛り上がる巻です！　徐々に成長を遂げていくクラウスですが、過去の因縁から、クラウスを一方的に敵視するゲインというライバルキャラが妨害と自身の名声ＵＰのために、とあるマッチポンプを仕掛け、それが大惨事を引き起こします。

それを阻止するべく、クラウスが仲間とともに奮闘していくのですが、それが滅茶苦茶カッコよく仕上がった巻となっております。そして、改めて【自動機能《オートモード》】のチートっぷりがいかんなく発揮される話となり、見どころ抜群となっております。

まだ、見ておられない方はぜひとも、本作を読んでいただき、クラウスと【自動機能《オートモード》】の織り成す世界を楽しんでいただければと思います！　また、本作においてクラウスはさらなる成長を遂げていくわけですが、その後もきっと目覚ましく活躍することでしょう。彼の活躍をご覧になりたい方は、引き続き、応援していただけると幸いです。

　さてさて、その他にも作品について語りたいこともたくさんありますが、そのへんは作品を読んで感じてもらうこととしまして……。

　構想は無限大に広がる本作品。徐々に仲間が増えて、絆を深めていくクラウス。そして、愛しい家族のリズ。

　見どころはまだまだ満載です。これからもよろしくお願いします！　……というわけで――【自動《オート》機能《モード》】起動ッ！

【自動機能《オートモード》】ＬｖＭＡＸ『自動執筆』を発動ぉぉぉおおおお!!

　以後、ＬＡ軍、修羅になります……。

　さて、それではあとがきもそろそろここまでとして、次の予定について少し。続刊についてはある――はず!!　続きの予定は、おやおや？　リズの様子が――……。そして、クラウスの新・【自動《オート》機能《モード》】とは、いかに?!

　……それでは、本巻ではこのへんで。次のクラウスの活躍はいかほどのものか。乞うご期待ッ！

【自動機能《オートモード》】の、物語はまだまだ続きますッ！　ぜひとも、今後とも応援のほどよろしくお願いします。最後に、本書を編集してくださった担当者さま、校正の方、出版社さま、そして美麗なイラストで物語に素晴らしい華を与えてくださった潮一葉先生、本書を取り扱ってくださる書店の方々、そして本書を購入してくださった読者の皆様、誠にありがとうございます。御礼をもってご挨拶とさせてください。本当にありがとうございます！

敬具。

追記。

本作品。コミカライズも好評発売中です！

「マガポケ」をはじめ、アプリで見ることもできます！　そして、コミックスの5巻も発売中で続刊も続々登場します！　ぜひとも、コミカライズ作品もお手に取っていただき、クラウスの活躍に美麗なイラストとともに没頭してください。私も絶賛没頭中です！　それでは、次巻とコミックの中でクラウスの活躍をぜひともご覧いただきたく思います！　小説も、コミックともども絶対に損はさせないので、お手に取っていただければ幸いです。

次巻以降でまたお会いしましょう！

読者の皆様に最大限の感謝をこめて。吉日

Kラノベブックス

ダメスキル【自動機能《オートモード》】が覚醒《かくせい》しました3

～あれ、ギルドのスカウトの皆《みな》さん、俺《おれ》を「いらない」って言《い》ってませんでした？

LA《ら》軍《ぐん》

2023年2月28日第1刷発行

発行者	森田浩章
発行所	株式会社 講談社 〒112-8001　東京都文京区音羽2-12-21
電　話	出版　(03)5395-3715 販売　(03)5395-3608 業務　(03)5395-3603
デザイン	モンマ蚕（ムシカゴグラフィクス）
本文データ制作	講談社デジタル製作
印刷所	株式会社KPSプロダクツ
製本所	株式会社フォーネット社

KODANSHA

ISBN978-4-06-531331-2　N.D.C.913　323p　19cm
定価はカバーに表示してあります

ファンレター、
作品のご感想を
お待ちしています。

あて先　〒112-8001　東京都文京区音羽2-12-21
(株) 講談社　ラノベ文庫編集部 気付
「LA軍先生」係
「潮一葉先生」係